I0638975

महाकवि
श्रीकालिदासाचे
॥ मेघदूत ॥

अनुवाद
शान्ता ज. शेळके

मेहता पब्लिशिंग हाऊस

Please contact us at **Mehta Publishing House,** Pune.
Email : production@mehtapublishinghouse.com
Website : www.mehtapublishinghouse.com

MEGHDOOT by MAHAKAVI KALIDAS

मेघदूत / काव्यसंग्रह

अनुवाद : शान्ता ज. शेळके
Email : author@mehtapublishinghouse.com

© सुरक्षित

मराठी पुस्तक प्रकाशनाचे हक्क मेहता पब्लिशिंग हाऊस, पुणे.

प्रकाशक : सुनील अनिल मेहता, मेहता पब्लिशिंग हाऊस,
१९४१ सदाशिव पेठ, माडीवाले कॉलनी, पुणे - ३०.

मुखपृष्ठ : चंद्रमोहन कुलकर्णी

आतील चित्रे : बाळ ठाकूर

प्रकाशनकाल : फेब्रुवारी, १९९४ / मार्च, १९९६ / मार्च, २००१ / एप्रिल, २००५ / डिसेंबर, २००९ / ऑक्टोबर, २०१३ / मार्च, २०१६ / पुनर्मुद्रण : ऑगस्ट, २०१९

P Book ISBN 9788177661392
E Book ISBN 9789386454324
E Books available on : play.google.com/store/books
www.amazon.in

डॉ. श्री. लीला अर्जुनवाडकर
यांसी स्नेहपूर्वक

तुमचे प्रोत्साहन व मार्गदर्शन
मला सतत हवेसे वाटते.
- शान्ताबाई -

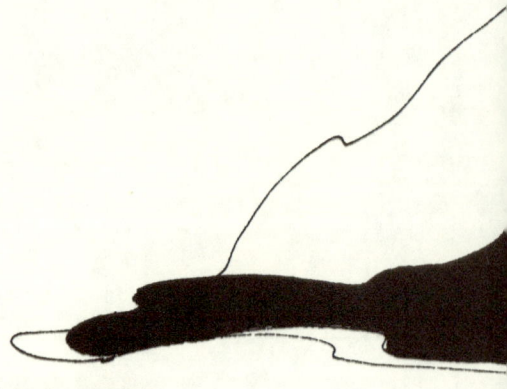

। प्रारंभीचे थोडेसे ।

महाकवि श्रीकालिदासाचे 'मेघदूत' हे अमर काव्य कॉलेजमध्ये पहिल्या वर्षाला शिकत असता अभ्यासाच्या निमित्ताने मला प्रथम भेटले. तेव्हापासून त्याचे जे आकर्षण मला वाटू लागले, ते आजपर्यंत जसेच्या तसे कायम आहे. प्रथम वर्षी 'मेघदूत' अभ्यासताना मी एक परीक्षार्थी विद्यार्थिनी होते. पुढे ती भूमिका बदलली. मी वाचू - लिहू लागले. पण 'मेघदूता' बद्दलची ओढ वाढतच गेली. ते मी सातत्याने वाचत राहिले. वाचता वाचता किती काव्यपंक्ती, किती श्लोक आपोआप पाठ होत गेले. ते मनात घोळवत राहणे हा माझा एक विरंगुळा होऊन बसला.

'मेघदूत' जसे पुन्हा पुन्हा वाचले, तसे त्याचे विविध मराठी अनुवादही मी वाचले. सर्वच अनुवाद माझ्या वाचनात आले असतील, असे म्हणता येत नाही. पण बरेचसे वाचले. तेव्हा किती भिन्न भिन्न अभिरुचीच्या रसिकांना 'मेघदूत'चा अनुवाद करण्याची इच्छा होणे ही जर तिच्या थोरवीची, लोकप्रियतेची कसोटी मानली, तर 'मेघदूत' हे संस्कृतमधले सर्वांत लोकप्रिय काव्य म्हणावे लागेल. या मराठी अनुवादांच्या वाचनाने त्याच्या वेधकतेची पुन्हा एकवार प्रतीती आली. 'मेघदूता'चे अनुवाद जसे मी वाचले, त्याप्रमाणे वेगवेगळ्या रसिकांनी त्याबद्दल गद्यामध्ये व्यक्त केलेल्या प्रतिक्रियाही मी वाचत राहिले. रवींद्रनाथ टागोरांपासून तो कुसुमाग्रजांपर्यंत अनेक कविश्रेष्ठांना या काव्याने भारून टाकले आहे; आणि त्यांनी अतिशय उत्कटतेने 'मेघदूता'वर लिहिले आहे. कुसुमाग्रजांनी 'मेघदूता'चा छंदोबद्ध भावानुवादही केला आहे. मराठीतल्या अनेक कवींना, लेखकांना असा अनुवाद करून बघावासा वाटला आहे. हे सारे वाचन मी एका अनावर ओढीने, प्रेमाने करत

राहिले. त्यामुळे माझी 'मेघदूता'ची जाण कितपत सूक्ष्म वा प्रगल्भ झाली, ते मला सांगता येणार नाही. पण 'मेघदूता'चे आकर्षण अधिकाधिक वाढत गेले, हे मात्र खरे. 'होतो वाचित 'मेघदूत' कवि तो केव्हा पडेना फिका' ही माधव ज्यूलियन यांनी आपल्या 'विरहतरंग' ह्या काव्यात व्यक्त केलेली प्रतिक्रिया सामूहिक आहे, असे म्हणण्यास प्रत्यवाय नाही. मनाला भुरळ घालण्याचे, भारून टाकण्याचे या काव्याचे सामर्थ्य शब्दातीत आहे.

अशाच एका भारलेल्या मनोऽवस्थेत अगदी सहज, निर्हेतुक वृत्तीने 'मेघदूता'तील काही आवडत्य श्लोकांचा मी अनुवाद मी केला. संपूर्ण काव्याचा अनुवाद करावा, असे तेव्हा मनातही नव्हते. पण एकेक श्लोक अनुवादित करताना मी पुरतीच त्यात गुंतले आणि एके दिवशी सर्व अनुवाद पूर्ण झाला. या काळात काही निकटच्या स्नेह्यांना एखादा अनुवादित श्लोक मी वाचून दाखवत असे. पुण्यात साजऱ्या होणाऱ्या एका 'कालिदास दिना'ला अनुवादाचा काही भाग मी प्रकटपणेही वाचला होता. आता संपूर्ण अनुवाद प्रसिध्द होत आहे.

अनुवाद करणे हा माझा आनंद व छंद आहे. अनुवाद करून बघणे हा मूळ कलाकृतीचा अधिक उत्कटपणे रसास्वाद घेण्याचा एक सुंदर मार्ग आहे. निदान मला तरी अनुवादाच्या निमित्ताने आवडत्या 'मेघदूता'शी जास्त जवळीक साधता आली, असे वाटते. माझा अनुवाद सरळ, साधा, 'पादाकुलका'सारख्या प्रवाही छंदात केलेला आहे. तो करताना मुळातील आशयाला, रसवत्तेला हानी पोचू नये, याची मी शक्य तेवढी काळजी घेतली आहे. मुख्य म्हणजे, माझ्या पदरचे त्यात काहीही, कुठेही घालण्याचे धाष्ट्र्य मी केले नाही. 'मेघदूता'चे दर्शन न घेतलेल्या वाचकांना या अनुवादामुळे मूळच्या संस्कृत काव्याचे वाचन करण्याची उत्सुकता

निर्माण व्हावी, एवढीच माझी नम्र अपेक्षा आहे. तसे झाले, तर मला अतिशय आनंद वाटेल.

'मेहता पब्लिशिंग हाऊस'चे अनिल मेहता हे माझे जवळचे स्नेही. 'मेघदूता'चा अनुवाद मी करत असल्याचे त्यांच्या कानी गेले, तेव्हा त्यांनी आपण होऊन हा अनुवाद प्रसिध्द करण्याची इच्छा व्यक्त केली आणि त्याप्रमाणे त्यांनी त्याला हे देखणे रूप दिले आहे.

चित्रकार बाळ ठाकूर आणि चंद्रमोहन कुलकर्णी यांनी त्याची अनुरूप सुंदर सजावट केली.

मोहन वेल्हाळ यांनी साक्षेपाने मुद्रिते तपासली.

या सर्व सुहृदांचे आभार कसे व कोणत्या शब्दांत मानणार?

- शान्ता ज. शेळके

मेघांनीं हें गगन भरतां गाढ आषाढमासीं
होई पर्युत्सुक विकल तो कान्त एकान्तवासी,
तन्निःश्वास श्रवुनि, रिझवी कोण त्याच्या जिवासी?
मन्दाक्रान्ता ललित कविता कालिदासी विलासी!

- माधव ज्यूलियन

महाकवि
श्रीकालिदासाचे

॥ मेघदूत ॥

। पूर्व मेघ ।

~

१

कश्चित्कान्ताविरहगुरुणा स्वाधिकारात्प्रमत्तः
शापेनास्तङ्गमितमहिमा वर्षभोग्येण भर्तुः ।
यक्षश्चक्रे जनकतनयास्नानपुण्योदकेषु
स्निग्धच्छायातरुषु वसतिं रामगिर्याश्रमेषु ।।

कुबेरसेवक यक्ष एक कुणि सेवेमाजीं अपुल्या चुकला
प्रियावियोगें अधिकच दुःसह वर्षाचा त्या शाप मिळाला
जनकसुतेच्या स्नानांयोगे पावन झाले जिथें जलाशय
घनच्छाय त्या रामगिरीवर विविध आश्रमीं घेई आश्रय

तस्मिन्नद्रौ कतिचिदबलाविप्रयुक्तः स कामी
नीत्वा मासान्कनकवलयभ्रंशरिक्तप्रकोष्ठः ।
आषाढस्य प्रथमदिवसे मेघमाश्लिष्टसानुं
वप्रक्रीडापरिणतगजप्रेक्षणीयं ददर्श ।।

~

गिरीवरी त्या महिने कांही कंठित तो राही तो विरही जन
सखिविरहें कृश असा जाहला गळे करांतुनि सुवर्णकंकण
आषाढाच्या पहिल्या दिवशीं बघतो शिखरीं मेघ वांकला
टक्कर देण्या तटभिंतीवर क्रीडातुर गज जणूं ठाकला!

३

तस्य स्थित्वा कथमपि पुरः कौतुकाधानहेतो-
रन्तर्बाष्पश्चिरमनुचरो राजराजस्य दध्यौ।
मेघालोके भवति सुखिनोऽप्यन्यथावृत्ति चेतः
कण्ठाश्लेषप्रणयिनि जने किं पुनर्दूरसंस्थे।।

कुतुककुतूहल मनीं जागवी त्या मेघातें झाला सन्मुख
उरीं आंसवें रोधुन कष्टें यक्ष तयाला बघे एकटक
मीलनसुख सेविती तयांही मेघदर्शनें लागे हुरहुर
कंठीं विळखा घालूं बघत्या विरहिजनांची काय दशा तर!

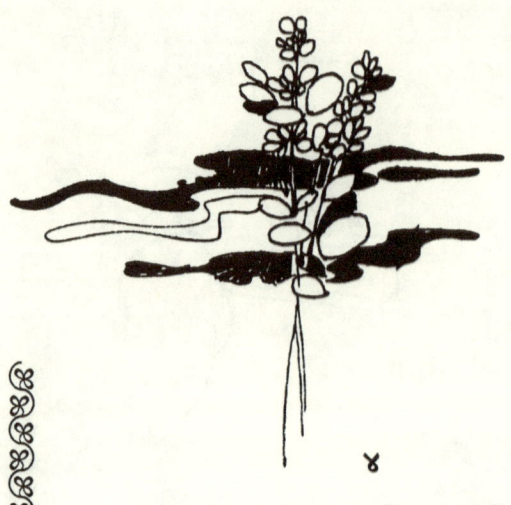

४

प्रत्यासन्ने नभसि दयिताजीवितालम्बनार्थी
जीमूतेन स्वकुशलमयीं हारयिष्यन्प्रवृत्तिम्।
स प्रत्यग्रैः कुटजकुसुमैः कल्पितार्घाय तस्मै
प्रीतः प्रीतिप्रमुखवचनं स्वागतं व्याजहार।।

श्रावण येतां समीप अपुली प्रिया असो सुखरूप म्हणोनी
मेघासंगें कुशल तियेला कळवायाला आतुर होउनि
फुलें कुड्याचीं प्रेमें वाहुन मेघातें त्या प्रथम पूजिलें
प्रसन्नतेनें मधुर वचांनीं यक्षें त्याचें स्वागत केलें

५

धूमज्योतिःसलिलमरुतां संनिपातः क्व मेघः
संदेशार्थाः क्व पटुकरणैः प्राणिभिः प्रापणीयाः।
इत्यौत्सुक्यादपरिगणयन्गुह्यकस्तं ययाचे
कामार्ता हि प्रकृतिकृपणाश्चेतनाचेतनेषु।।

~

धूर, वीज अन् पाणी, वारा यांही बनला मेघ कुठें तो?
संदेशातें वाहुन नेइल सजीव मानव आणि कुठें तो?
अवगणुनी हे आतुरतेनें यक्ष घनातें करी याचना
सजीवनिर्जिव विवेक यांतिल कुठुन रहावा प्रणयार्तांना?

६

जातं वंशे भुवनविदिते पुष्करावर्तकानां
जानामि त्वां प्रकृतिपुरुषं कामरूपं मघोनः।
तेनार्थित्वं त्वयि विधिवशाद्दूरबन्धुर्गतोऽहं
याञ्चा मोघा वरमधिगुणे नाधमे लब्धकामा।।

जन्मलास तूं, घना, जाणतों, प्रथित पुष्करावर्तक वंशीं
इंद्राचा तूं प्रधान सेवक, रूप हवें तें धारण करिशी
म्हणुन याचना तुझीच करतों वियुक्त जन मी प्रियेपासुनी
क्षुद्रांच्या उपकारापेक्षां विफलहि बरवी सुजनविनवणी!

७

संतप्तानां त्वमसि शरणं तत्पयोद प्रियायाः
संदेशं मे हर धनपतिक्रोधविश्लेषितस्य।
गन्तव्या ते वसतिरलका नाम यक्षेश्वराणां
बाह्योद्यानस्थितहरशिरश्चन्द्रिकाधौतहर्म्या।।

जिवा तापल्या तूंच निवविसी, म्हणुनि याचितों, मेघा, तुजला
धनपतिशापें विरहतापल्या निरोप माझा पोंचव सखिला
यक्षांची प्रिय अलकानगरी तिथेंच आहे तुजला जाणें
शिवमस्तकिंच्या चंद्रकलेचें जिथें फुलतसे नित्य चांदणें!

८

त्वामारूढं पवनपदवीमुद्गृहीतालकान्ताः
प्रेक्षिष्यन्ते पथिकवनिताः प्रत्ययादाश्वसन्त्यः।
कः संनध्दे विरहविधुरां त्वय्युपेक्षेत जायां
न स्यादन्योऽप्यहमिव जनो यः पराधीनवृत्तिः॥

~

वाऱ्यावर तूं वाहत जातां केश आपुले मागें सारुन
वाटसरूंच्या स्त्रिया पाहतिल विश्वासें तुज अति आनंदुन
दर्शन होतां तुझें उपेक्षिल कोण आपुली प्रिया विरहिणी?
मी तर असला पराधीन, जन मजसम दुःखी असेल कां कुणि?

९

तां चावश्यं दिवसगणनातत्परामेकपत्नी -
मव्यापन्नामविहतगतिर्द्रक्ष्यसि भ्रातृजायाम्।
आशाबन्ध: कुसुमसदृशं प्रायशो ह्यङ्गनानां
सद्य:पाति प्रणयि हृदयं विप्रयोगे रुणद्धि।।

~

अनिर्वेध तूं जातां ऐसा, घना, पाहशिल अपुली वहिनी
एक एक दिन मोजुनियां जी काळ कंठितां असेल शिणली
ललनाहृदयें विगलित होती फुलांपरी ती कोमल जात्या
आशातंतू चिवट परन्तू वियोगकालीं सावरितो त्या!

१०

मन्दं मन्दं नुदति पवनश्चानुकूलो यथा त्वां
वामश्चायं नदति मधुरं चातकस्ते सगन्धः।
गर्भाधानक्षणपरिचयान्नूनमाबद्धमाला:
सेविष्यन्ते नयनसुभगं खे भवन्तं बलाका:।।

मंद मंद तुज वाहुन नेइल वारा जेव्हां अपुल्यासंगें,
डावें घालिल सखा जिवाचा चातक गाइल अति अनुरागें
गर्भधारणाक्षण आठवुनी जुळतिल गगनीं बलाकमाला
नयनसुखद तुज नभीं पाहतां सादर होतिल तव सेवेला!

११

कर्तुं यज्च प्रभवति महीमुच्छिलीन्ध्रामवन्ध्यां
तच्छ्रुत्वा ते श्रवणसुभगं गर्जितं मानसोत्काः।
आकैलासाद्बिसकिसलयच्छेदपाथेयवन्तः
संपत्स्यन्ते नभसि भवतो राजहंसाः सहायाः।।

भूगर्भींचे कंद अंकुरित करुन फेडती तिचें वांझपण
श्रवणमधुर तीं तुझीं गर्जितें ऐकुन हृदयीं हर्षित होउन
कैलासावर मानससरसीं जाण्यास्तव जे आतुर होतिल
कमलदेठ घेऊन शिदोरी राजहंस तुजसंगें येतिल!

१२

आपृच्छस्व प्रियसखममुं तुङ्गमालिङ्ग्य शैलं
वन्द्यैः पुंसां रघुपतिपदैरङ्कितं मेखलासु।
काले काले भवति भवतो यस्य संयोगमेत्य
स्नेहव्यक्तिश्चिरविरहजं मुञ्चतो बाष्पमुष्णम्।।

जिथें उतरणीवरी उमटलीं श्रीरामांचीं वन्द्य पाउलें
शैलसखा तो भेटतांच त्या आलिंगन दे प्रेमें वहिलें
प्रदीर्घ विरहानंतर घडतां मित्रभेटिचा हृद्य सोहळा
उष्ण आंसवें गाळुन दाविल सख्यभाव तो गाढ आपुला!

१३

मार्गं तावच्छृणु कथयतस्त्वत्प्रयाणानुरूपं
संदेशं मे तदनु जलद श्रोष्यसि श्रोत्रपेयम्।
खिन्नः खिन्नः शिखरिषु पदं न्यस्य गन्तासि यत्र
क्षीणः क्षीणः परिलघु पयः स्त्रोतसां चोपभुज्य।।

तुझ्या प्रयाणा मार्ग सोयिचा अतां सागतों ऐक, घना रे,
श्रवणयोग्य संदेश मागुती कथितों तोही ऐकुन घे, रे
जातां जातां श्रमशिल, तेव्हां गिरिशिखरांवर क्षण टेकावें
जरा क्षीणता येतां, सखया, विमल झऱ्यांचे पाणी प्यावें

१४

अद्रेः शृङ्गं हरति पवनः किंस्विदित्युन्मुखीभि -
र्दृष्टोत्साहश्चकितचकितं मुग्धसिद्धाङ्गनाभिः।
स्थानादस्मात्सरसनिचुलादुत्पतोदङ्मुखः खं
दिङ्नागानां पथि परिहरन्स्थूलहस्तावलेपान्।।

काय गिरीचें शिखरच वारा वाहुन नेतो? - शंकित होतिल
चकित लोचनीं कुतूहलें तुज भोळ्या सिद्धांगना पाहतिल
वेतसकुंजामधुनी इथल्या, सरव्या, भरारी सवेग घेई
दिग्गजशुंडाऽघात टाळुनी उत्तरेस मग पुढतीं जाई

१५

रत्नच्छायाव्यतिकर इव प्रेक्ष्यमेतत्पुरस्ता -
द्वल्मीकाग्रात्प्रभवति धनुःखण्डमाखण्डलस्य।
येन श्यामं वपुरतितरां कान्तिमापत्स्यते ते
बर्हेणेव स्फुरितरुचिना गोपवेषस्य विष्णोः।।

~

वारुळ पुढतीं तिथुन उभारे इंद्रधनूचा खण्ड मनोरम
रत्नकिरणकल्लोळ उसळतां झळकतसे जो तेजें अनुपम!
तुझी सांवळी तनु त्यायोगें विशेष कांहीं लेइल कान्ती
गोपवेषधर श्रीविष्णू जणुं मोरपीस शिरिं धारण करिती!

१६

त्वय्यायत्तं कृषिफलमिती भ्रूविलासानभिज्ञैः
प्रीतिस्निग्धैर्जनपदवधूलोचनैः पीयमानः।
सद्यःसीरोत्कषणसुरभिक्षेत्रमारुह्य मालं
किंचित्पश्चाद्व्रज लघुगतिर्भूय एवोत्तरेण।।

फळें सुगीचीं तुझ्याच हातीं, जाणुनिया हें अपुल्या चित्तीं
कृषीवलांच्या वधू भाबड्या अतिप्रीतिनें तुला पाहती
नुकत्या झाल्या नांगरटीनें दरवळणाऱ्या माळावरुनी
उत्तरेस जा पुनरपि वेगें पश्चिमेस तूं हलकें वळुनी

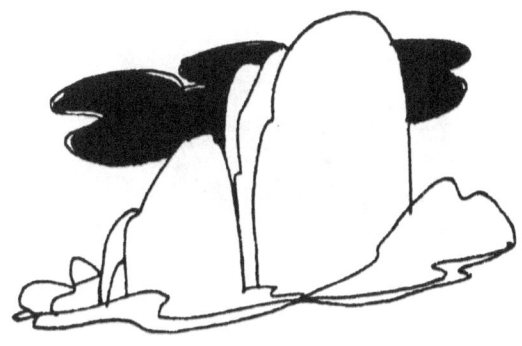

१७

त्वामासारप्रशमितवनोपप्लवं साधु मूर्ध्ना
वक्ष्यत्यध्वश्रमपरिगतं सानुमानाम्रकूटः।
न क्षुद्रोऽपि प्रथमसुकृतापेक्षया संश्रयाय
प्राप्ते मित्रे भवति विमुखः किं पुनर्यस्तथोच्चैः।।

~

जलवर्षावें विझविसि वणवे - आम्रकूट स्वागतास सजला
निजशिखरांवर देइल आश्रय प्रवासशिणल्या, मेघा, तुजला
स्मरण मागल्या उपकारांचें नीचमनींही प्रेम जागवी
उच्च, सुसंस्कृत मुळांत त्यांची काय थोरवी मग सांगावी!

१८

छन्नोपान्तः परिणतफलद्योतिभिः काननाम्रै -
स्त्वय्यारूढे शिखरमचलः स्निग्धवेणीसवर्णे।
नूनं यास्यत्यमरमिथुनप्रेक्षणीयामवस्थां
मध्ये श्यामः स्तन इव भुवः शेषविस्तारपाण्डुः।।

पिकल्या पिवळ्या आम्रफळांच्या राई टाकिति उतार झांकुन
गिरीवरी त्या काजळकाळा मेघ जरा तूं टेकशील क्षण
तैं देवांच्या मिथुनांनाही लोभनीय तें गमेल दर्शन
गौर सभोंतीं मधें सांवळा दिसेल जणुं तो पृथ्वीचा स्तन!

१९

स्थित्वा तस्मिन्वनचरवधूभुक्तकुञ्जे मुहूर्तं
तोयोत्सर्गद्रुततरगतिस्तत्परं वर्त्म तीर्णः।
रेवां द्रक्ष्यस्युपलविषमे विन्ध्यपादे विशीर्णां
भक्तिच्छेदैरिव विरचितां भूतिमङ्गे गजस्य।।

जिथें भिल्लिणी रमल्या कुंजीं तिथें विसांवा घेई घडिभर
सरी वर्षुनी हलक्या होउन जरा मोकळा वेगें जा तर
बघशिल खडकांमध्यें फाटुनी रेवा वाहे विन्ध्यतळाशीं
काळ्या देहांवर हत्तींच्या शुभ्र रेखिली जणुं कीं नक्षी!

२०

तस्यास्तिक्तैर्वनगजमदैर्वासितं वान्तवृष्टि -
र्जम्बूकुञ्जप्रतिहतरयं तोयमादाय गच्छेः।
अन्तःसारं घन तुलयितुं नानिलः शक्ष्यति त्वां
रिक्तः सर्वो भवति हि लघुः पूर्णता गौरवाय।।

रानांमधले प्रमत्त हत्ती मदें तयांच्या गंधित झाले
जांभुळराया गर्द दाटल्या ठायीं ठायीं तयें रोधिलें
जळ सरितेचें प्राशुन घे तूं, वारा नच मग अडविल तुजला
रितेपणाची इथें हेळणा, गौरव लाभे पूर्णत्वाला!

२१

नीपं दृष्ट्वा हरितकपिशं केसरैरर्धरूढै -
राविर्भूतप्रथममुकुला कन्दलीश्चानुकच्छम्।
दग्धारण्येष्वधिकसुरभिं गन्धमाघ्राय चोर्व्याः
सारङ्गास्ते नवजलमुचः सूचयिष्यन्ति मार्गम्।।

~

हिरव्यापिंगट नीपफुलांचे भ्रमर पाहती अस्फुट केसर
रानकर्दळीवरी डंवरल्या कळ्या सेवितीं हरिणें आतुर
भाजावळिनें दरवळणारी भूमि हुंगिती मत्त मतंगज
सरी वर्षतां, मेघा रे, हे सर्व सुचवितिल मार्ग पुढें तुज

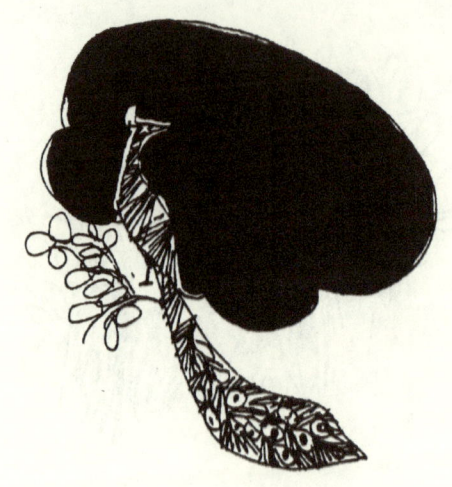

२२

उत्पश्यामि द्रुतमपि सखे मत्प्रियार्थं यियासो:
कालक्षेपं ककुभसुरभौ पर्वते पर्वते ते।
शुक्लापाङ्गै: सजलनयनै: स्वागतीकृत्य केका:
प्रत्युद्यात: कथमपि भवान्गन्तुमाशु व्यवस्येत्।।

कार्यसिद्धि मम व्हावी, म्हणुनी द्रुतगतिनें जरि, मित्रा, निघशिल
विविध पर्वतांवरी तरीही रेंगाळत तूं खचित राहशिल
आनंदाश्रू ढाळुन जेव्हां मोर आरवुन स्वागत करिती
मोठ्या कष्टानेंच तुझें मग पडावयाचें पाउल पुढतीं!

२३

पाण्डुच्छायोपवनवृतयः केतकैः सूचिभिन्नै -
र्नीडारम्भैर्गृहबलिभुजामाकुलग्रामचैत्याः।
त्वय्यासन्ने परिणतफलश्यामजम्बूवनान्ताः
संपत्स्यन्ते कतिपयदिनस्थायिहंसा दशार्णाः।।

पीतशुभ्र उमलले केवडे जिथें वनांच्या सीमेवरुनी
घरटीं बांधिति गावकावळे गजबजलेले चैत्य तयांनीं
दशार्णदेशाजवळीं येतां बघशिल पिकल्या जांभुळराई
जरा विसांवा घेऊं बघतिल थबकुन तेथें राजहंसही!

२४

तेषां दिक्षु प्रथितविदिशालक्षणां राजधानीं
गत्वा सद्यः फलमविकलं कामुकत्वस्य लब्ध्वा।
तीरोपान्तस्तनितसुभगं पास्यसि स्वादु यस्मा -
त्सभ्रूभङ्गं मुखमिव पयो वेत्रवत्याश्चलोर्मि।।

~

त्याच दिशेला दिसेल तुजला नामवंत ती विदिशानगरी
कामिजनांचें वांछित तेथें मिळेल, रे, मनिं शंका न धरी
गर्जुन लहरी उठवुन तीरीं जळ चुंबाया लवशिल जेव्हां
किंचित् भुंवया करुन वांकड्या वेत्रवती तुज खुणविल तेव्हां!

२५

नीचैराख्यं गिरिमधिवसेस्तत्र विश्रामहेतो -
स्त्वत्संपर्कात्पुलकितमिव प्रौढपुष्पैः कदम्बैः।
यः पण्यस्त्रीरतिपरिमलोद्‌गारिभिर्नागराणा -
मुद्दामानि प्रथयति शिलावेश्मभिर्यौवनानि।।

नीचै नामक गिरीवरी त्या थांब जरासा विश्रांतीस्तव
कदंबपुष्पीं टपोर फुलला रोमांचित जणुं भेटीनें तव
गणिकांसंगें जिथें शिळांवर संभोगातुर रमले पुरजन
गंध दरवळे रतिलीलेचा सुचवित त्यांचें प्रमत्त यौवन!

२६

विश्रान्तः सन्व्रज वननदीतीरजातानि सिञ्च -
न्नुद्यानानां नवजलकणैर्यूथिकाजालकानि।
गण्डस्वेदापनयनरुजाक्लान्तकर्णोत्पलानां
छायादानात्क्षणपरिचितः पुष्पलावीमुखानाम् ।।

जरा विसांवा घेउन जाईं राननद्यांच्या तीरांवरुनी
तिथें बहरल्या उद्यानांतिल कळ्या जुईच्या भिजव सरींनी
गालांवरती घाम डंवरला, कानांवरचीं कमळें सुकलीं
पुष्पें खुडत्या माळिणींस त्या सुखव, सख्या, तू धरुन सांवली

२७

वक्रः पन्था यदपि भवतः प्रस्थितस्योत्तराशां
सौधोत्सङ्गप्रणयविमुखो मा स्म भूरुज्जयिन्याः।
विद्युद्दामस्फुरितचकितैस्तत्र पौराङ्गनानां
लोलापाङ्गैर्यदि न रमसे लोचनैर्वञ्चितोऽसि।।

~

जरी वाकडी वाट, तरीही उत्तरेस तूं, जलदा, जाईं
उज्जयिनीचे सौध मनोहर, सखया, विन्मुख तयां न होईं
पौरजनांच्या ललना सुंदर, नयन विजेनें त्यांचे दिपतां
कटाक्ष चंचल जरी न बघशिल, व्यर्थ जिणें हें समज तत्त्वत:

२८

वीचिक्षोभस्तनितविहगश्रेणिकाञ्चीगुणायाः
संसर्पन्त्याः स्खलितसुभगं दर्शितावर्तनाभेः।
निर्विन्ध्यायाः पथि भव रसाभ्यन्तरः सन्निपत्य
स्त्रीणामाद्यं प्रणयवचनं विभ्रमो हि प्रियेषु।।

~

लाटा उठती, किलबिलती खग, मेखलाच ती किंचित् ढळवुन
जळीं भोंवरा - छे! निर्विन्ध्या निजनाभीचें घडविल दर्शन
कामातुर त्या सरितेवरती लवुनि जरासा करि रससेवन
लाडिक विभ्रम रमणींचे तर प्रणयाचें पहिलें आश्वासन!

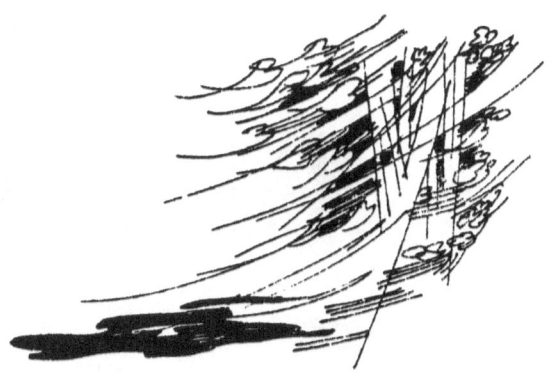

२९

वेणीभूतप्रतनुसलिला तामतीतस्य सिन्धुः
पाण्डुच्छाया तटरुहतरुभ्रंशिभिर्जीर्णपर्णैः।
सौभाग्यं ते सुभग विरहावस्थया व्यञ्जयन्ती
कार्श्यं येन त्यजति विधिना स त्वयैवोपपाद्यः।।

सिंधुनदीचें जळ ओसरतां वेणीसम ती बारिक झाली
तटतरु गाळिति शीर्ण पालवी पांडुरता त्यायोगें आली
विरहावस्था तिची सुचविते, प्रिय मित्रा रे, अहोभाग्य तव
कृशता सखिची जाइल ऐसा उपाय कांहीं योजावा नव!

३०

प्राप्यावन्तीनुदयनकथाकोविदग्रामवृद्धा -
न्पूर्वोद्दिष्टामनुसर पुरीं श्रीविशालां विशालाम्।
स्वल्पीभूते सुचरितफले स्वर्गिणां गां गतानां
शेषैः पुण्यैर्हृतमिव दिवः कान्तिमत्खण्डमेकम्।।

उदयनवासवदत्ताप्रणयीकथा जेथले वृद्ध सांगती
अवंतीस त्या प्रथम पोंचुनी, गांठ विशाला नगरी पुढतीं
स्वर्गीं गेले, त्यांनीं अपुलें पुण्य तेथलें उणावल्यावर
–ही नगरी - जणुं उरल्या पुण्यें स्वर्गखंड आणियला भूवर!

३१

दीर्घीकुर्वन्पटु मदकलं कूजितं सारसानां
प्रत्यूषेषु स्फुटितकमलामोदमैत्रीकषायः ।
यत्र स्त्रीणां हरति सुरतग्लानिमङ्गानुकूलः
शिप्रावातः प्रियतम इव प्रार्थनाचाटुकारः ।।

~

सारसपक्षी किलबिलती, तें दूर वाहुनी नेई कूजित
पहाटवेळीं कमळें फुललीं स्वाद सेविं तो मधुरकषायित
रमणींचा रतिखेद निवारी कुरवाळुनि त्या सुखदस्पर्शीं
शिप्रेवरचा शीतळ वारा सजण आर्जवी जणुं मधुभाषी!

३२

हारान्स्तारांस्तरलगुटिकान्कोटिशः शङ्खशुक्तीः
शष्पश्यामान्मरकतमणीनुन्मयूखप्ररोहान्।
दृष्ट्वा यस्यां विपणिरचितान्विद्रुमाणां च भङ्गा -
न्संलक्ष्यन्ते सलिलनिधयस्तोयमात्रावशेषाः।।

~

मणिमालांतुन हिरे जडविले अगणित जेथें शंखशिंपले
हरिततृणासम चमकति पाचू किरण जयांचे भवतिं फांकले
प्रवाळखंडहि विक्रीसाठीं पेठांमधुनी जिथें मांडले -
वैभव जिथलें बघतां वाटे, सागरिं केवळ जलच राहिलें!

३३

प्रद्योतस्य प्रियदुहितरं वत्सराजोऽत्र जह्रे
हैमं तालद्रुमवनमभूदत्र तस्यैव राज्ञः।
अत्रोद्भ्रान्तः किल नलगिरिः स्तम्भमुत्पाट्य दर्पा -
दित्यागन्तून्रमयति जनो यत्र बन्धूनभिज्ञः।।

~

'प्रद्योताची लेक लाडकी इथेंच नेई तिजला उदयन
इथेंच विलसत होतें सुंदर त्याच नृपाचे स्वर्णतालवन
इथें नलगिरी गज क्रोधानें स्तंभ कांचनी टाकी उपडुन'
– लोककथा ग्रामस्थ सांगती निज अतिथींचे करण्या रंजन

३४

जालोद्गीर्णैरुपचितवपुः केशसंस्कारधूपै -
र्बन्धुप्रीत्या भवनशिखिभिर्दत्तनृत्योपहारः।
हर्म्येष्वस्याः कुसुमसुरभिष्वध्वखेदं नयेथा
लक्ष्मीं पश्यंल्ललितवनितापादरागाङ्कितेषु।।

~

केस उदवितां रमणी, येइल धूप सुवासिक जाळीमधुनी
फुगशिल त्यानें, पाळिव मोरहि स्वागत करतिल तुझें नाचुनी
लाक्षारंजित जिथें उमटलीं विलासिनींचीं मृदुल पाउलें -
पुष्पसुगंधित सदनीं शिरतां विसरावे त्वां श्रमही अपुले!

३५

भर्तुः कण्ठच्छविरिति गणैः सादरं वीक्ष्यमाणः
पुण्यं यायास्त्रिभुवनगुरोर्धाम चण्डीश्वरस्य।
धूतोद्यानं कुवलयरजोगन्धिभिर्गन्धवत्या -
स्तोयक्रीडानिरतयुवतिस्नानतिक्तैर्मरुद्भिः।।

कंठ शिवाचा काय सांवळा म्हणुनी गण तुज बघतां सादर
गौरीशाचें मंदिर गांठुन दर्शन त्याचे घेईं सत्वर
अंगराग मिसळले जयांतुन जलकेलीस्तव येतां युवती
गंधवतीच्या परागमिश्रित वाऱ्यानें उपवनें डोलती!

३६

अप्यन्यस्मिञ्जलधर महाकालमासाद्य काले
स्थातव्यं ते नयनविषयं यावदत्येति भानुः।
कुर्वन्सन्ध्याबलिपटहतां शूलिनः श्लाघनीया -
भामन्द्राणां फलमविकलं लप्स्यसे गर्जितानाम् ।।

महाकालमंदिरास येतां अवेळ तरिही थांब जरासा
दृष्टिआड होईल सूर्य जों समयाची त्या करी प्रतीक्षा
सांजपुजेला शिवास प्रिय त्या डमरूचें त्वां कार्य करावें
मेघमन्द्रस्वर गभीर गर्जित, सखया, त्याचें फळ सेवावें

३७

पादन्यासैः कणितरशनास्तत्र लीलावधूतै
रत्नच्छायाखचितवलिभिश्चामरैः क्लान्तहस्ताः ।
वेश्यास्त्वत्तो नखपदसुखान्प्राप्य वर्षाग्रबिन्दू -
नामोक्ष्यन्ते त्वयि मधुकरश्रेणिदीर्घान्किटाक्षान् ।।

~

कटीवरी किणकिणति मेखला गणिका ऐशा नर्तन करिती
रत्नकांचनी मुठी धरोनी शिवावरी चामरें वारिती
शीण करीं तू दूर तयांचा नखक्षतांवरि थेंब शिंपुनी
भ्रमरपंक्तिसम कटाक्ष तिरपे टाकितील तुजवरी कामिनी

३८

पश्चादुच्चैर्भुजतरुवनं मण्डलेनाभिलीनः
सान्ध्यं तेजः प्रतिनवजपापुष्परक्तं दधानः ।
नृत्यारम्भे हर पशुपतेरार्द्रनागाजिनेच्छां
शान्तोद्वेगस्मिमितनयनं दृष्टभक्तिर्भवान्या ।।

फिरवित वेगें बाहूंचें बन करील जेव्हां ताण्डव शंकर
जास्वंदीसम संध्यारंजित होउनियां करिं वलय भुजांवर
ओल्या गजचर्मापरि घेईं नृत्यारंभीं शिवा वेढुनी
शान्त होउनी प्रसन्ननयनीं निरखिल प्रेमें तुला भवानी

३९

गच्छन्तीनां रमणवसतिं योषितां तत्र नक्तं
रुद्धालोके नरपतिपथे सूचिभेद्यैस्तमोभिः ।
सौदामन्या कनकनिकषस्निग्धया दर्शयोर्वीं
तोयोत्सर्गस्तनितमुखरो मा च भूर्विक्लवास्ताः ।।

प्रिय भेटीस्तव अभिसारोत्सुक रमणी जेव्हां निघतिल रात्री
राजपथावर अडेल पाउल निबिड तिमिर तो भरतां नेत्रीं
उजळ तयांची वाट विजेनें कांचनरेषा जशि निकषावर
वर्षुन गर्जुन भिववुं नको पण विलासिनी त्या जात्या कातर

४०

तां कस्याञ्चिद्भवनवलभौ सुप्तपारावतायां
नीत्वा रात्रिं चिरविलसनात्खिन्नविद्युत्कलत्रः ।
दृष्टे सूर्ये पुनरपि भवान्वाहयेदध्वशेषं
मन्दायन्ते न खलु सुहृदामभ्युपेतार्थकृत्याः ।।

वळचणीस झोंपले पारवे जिथे घरांच्या सांदीमधुनी
रात्र घालवी तिथें, प्रियाही असेल शिणली तव लखलखुनी
सूर्य उगवतां पुन्हां पहाटें प्रवास अपुला सुरू करी तूं
रेंगाळति ते मुळीं न, धरिती मित्रहिताचा मनिं जे हेतू

४१

तस्मिन्काले नयनसलिलं योषितां खण्डितानां
शान्तिं नेयं प्रणयिभिरतो वर्त्म भानोस्त्यजाशु ।
प्रालेयास्त्रं कमलवदनात्सोऽपि हर्तुं नलिन्यः
प्रत्यावृत्तस्त्वयि कररुधि स्यादनल्पाभ्यसूयः ।।

रुसल्या रमणी आर्जविण्या त्या नयन तयांचे प्रेमें पुसुनी
योग्य समय हा प्रणयिजनांना, प्रिय मित्रा रे, घेईं जाणुनि
रविमार्गांतुन दूर सरक तूं, नकोस रोधूं किरण तयाचे
असेल आतुर तोही पुसण्या कमलिनिमुखिंचे अश्रु दंवाचे

४२

गम्भीरायाः पयसि सरितश्चेतसीव प्रसन्ने
छायात्मापि प्रकृतिसुभगो लप्स्यते ते प्रवेशम् ।
तस्मादस्याः कुमुदविशदान्यार्हसि त्वं न धैर्या -
न्मोघीकर्तुं चटुलशफरोद्वर्तनप्रेक्षितानि ।।

प्रतिबिंबित तूं होशिल जेव्हां गंभीरेच्या जळांत निर्मळ
प्रविष्ट होशिल, सख्या, जणूं कीं हृदयिं तिच्या, रे, प्रसन्न प्रेमळ
चपल मासळ्या लवलवणाऱ्या कटाक्ष सखिचे कमलशुभ्र ते
आशय त्यांचा घेई जाणुन, विफल करीं नच तिचीं वांछितें!

४३

तस्याः किंचित्करधृतमिव प्राप्तवानीरशाखं
नीत्वा नीलं सलिलवसनं मुक्तरोधोनितम्बम् ।
प्रस्थानं ते कथमपि सखे! लम्बमानस्य भावि
ज्ञातास्वादो विवृतजघनां को विहातुं समर्थः ।।

लवले वेळू - त्याच करांनीं धरिल जरी ती स्वयें सावरुन
नीलजलाचें वसन तियेचें कटिवरुनी तूं घेईं खेंचुन
कामोत्सुक तू झुकतां तीवर प्रयाण तुजला सुचेल कुठुनी?
प्रणयरसाचा ज्ञाता कुणि कां विमुक्तवसना सोडिल सजणी?

४४

त्वन्निष्यन्दोच्छ्वसितवसुधागन्धसंपर्करम्यः
स्त्रोतोरन्ध्रध्वनितसुभगं दन्तिभिः पीयमानः ।
नीचैर्वास्यत्युपजिगमिषोर्देवपूर्वं गिरिं ते
शीतो वायुः परिणमयिता काननोदुम्बराणाम् ।।

~

तुझ्या सरींनीं भिजली भूमी उच्छ्वासें त्या होय सुगंधित
शीतळ वारा असा सेवितां सुखावले गज करिती गर्जित
रानउंबरावरीं बाजल्या फळांस देईं अधिक पक्वता
मंद वाहुनी सुखविल तुज, तूं देवगिरीला जाया निघतां

४५

तत्र स्कन्दं नियतवसतिं पुष्पमेघीकृतात्मा
पुष्पासारैः स्नपयतु भवान् व्योमगङ्गाजलार्द्रैः ।
रक्षाहेतोर्नवशशिभृता वासवीनां चमूना -
मत्यादित्यं हुतवहमुखे संभृतं तद्धि तेजः ।।

कार्तिकेय ज्या ठायीं वसतो, मेघ फुलांचा होउन तेथें
स्वर्गंगेच्या जळांत भिजल्या आर्द्र फुलांनीं भिजव तयातें
तेज शिवें अग्नींत ठेविलें रक्षायास्तव चमू वासवी
त्यांत जन्मला कार्तिकेय, जो सूर्याहुनिही अति तेजस्वी

४६

ज्योतिर्लेखावलयि गलितं यस्य बर्हं भवानी
पुत्रप्रेम्णा कुवलयदलप्रापि कर्णे करोति ।
धौतापाङ्गं हरशशिरुचा पावकेस्तं मयूरं
पश्चादद्रिग्रहणगुरुभिर्गर्जितैर्नर्तयेथाः ।।

शिवमस्तकिंच्या चंद्रकलेने उजळुन गेले ज्याचे लोचन
स्कंदाच्या प्रिय मयुरा नाचव गिरीदरींतुन गर्जित घुमवुन
वलयांकित जैं पीस तयाचें गळेल रमतां धुंद नर्तनीं
पुत्रस्नेहें सहज भवानी कमलदलासह खोविल कानीं

४७

आराध्यैनं शरवणभवं देवमुल्लङ्घिताध्वा
सिद्धद्वंद्वैर्जलकणभयाद्वीणिभिर्मुक्तमार्गः ।
व्यालम्बेथाः सुरभितनयालम्भजां मानयिष्यन्
स्त्रोतोमूर्त्या भुवि परिणतां रन्तिदेवस्य कीर्तिम् ।।

वेतसकुंजोद्भव स्कंदातें आराधुन तूं जातां पुढती
वंशीधर सिद्धांची युगलें तुझ्या भयानें बाजुस होतीं
गोयज्ञांतुन जन्मा आल्या चर्मण्वतिवर होईं तूं नत
रन्तिदेवकीर्तीच जणूं ती प्रवाहरूपें झाली परिणत

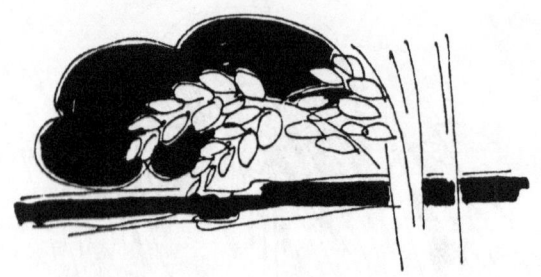

४८

त्वय्यादातुं जलमवनते शार्ङ्गिणो वर्णचौरे
तस्याः सिन्धोः पृथुमपि तनुं दूरभावात्प्रवाहम् ।
प्रेक्षिष्यन्ते गगनगतयो नूनमावर्ज्य दृष्टी -
रेकं मुक्तागुणमिव भुवः स्थूलमध्येन्द्रनीलम् ।।

श्रीकृष्णासम श्यामकान्त तूं जलपानास्तव झुकतां तीवरि
माना वळवुनि बघतिल तिज गंधर्व सिद्धही गगनविहारी
दुरून कृश ती गमेल सरिता जळभारानें पुष्ट तरीही
इंद्रनील मधिं सर मोत्यांचा एकेरी जणुं वसुधाहृदयीं

४९

तामुत्तीर्य व्रज परिचितभ्रूलताविभ्रमाणां
पक्ष्मोत्क्षेपादुपरि विलसत्कृष्णाशारप्रभाणाम् ।
कुन्दक्षेपानुगमधुकरश्रीमुषामात्मबिम्बं
पात्रीकुर्वन् दशपुरवधूनेत्रकौतूहलानाम् ।।

ओलांडुन तिज जाईं पुढतीं दशपुरनगरी गाठ, घना, तूं
ललना सुंदर तिथल्या त्यांच्या नयनकौतुका होईं हेतू
उचलुनियां पापणी पाहतां असे झळकतिल कटाक्ष त्यांचे
कुंदफुलांवर धवल गुंजती पुंज काय ते कृष्ण अलींचे

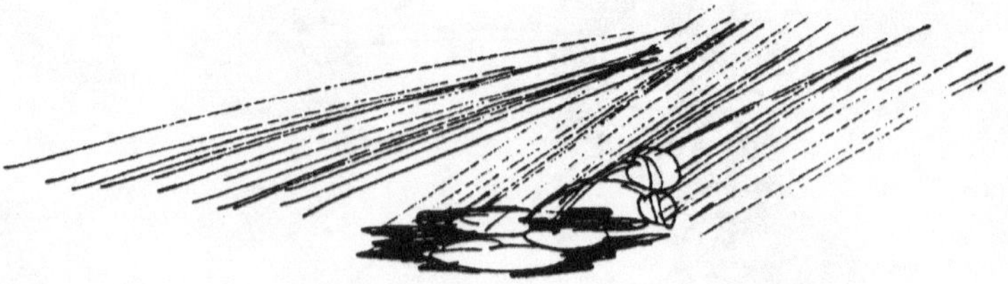

५०

ब्रह्मावर्तं जनपदमथच्छायया गाहमानः
क्षेत्रं क्षत्रप्रधनपिशुनं कौरवं तद्भजेथाः ।
राजन्यानां शितशरशतैर्यत्र गाण्डीवधन्वा
धारापातैस्त्वमिव कमलान्यभ्यवर्षन्मुखानि ।।

ब्रह्मावर्ता ओलांडुनियां कुरुक्षेत्रिं तूं पुढतीं जाईं
जिथें धुरंधर क्षत्रिय लढले करूनियां दारुण रणघाई
जिथें धनंजय आवेशानें पाऊस पाडी तीक्ष्ण शरांचा –
क्षत्रशिरांवर, कमळांवरतीं जसा तुझ्या वर्षाव सरींचा!

५१

हित्वा हालामभिमतरसां रेवतीलोचनाङ्कां
बंधुप्रीत्या समरविमुखो लाङ्गली याः सिषेवे ।
कृत्वा तासामभिगममपां सौम्य! सारस्वतीना -
मन्तःशुद्धस्त्वमपि भविता वर्णमात्रेण कृष्णः ।।

~

जींत रेवतीनयन बिंबले मादक मदिरा अशी डावलुन
बंधुप्रीतिनें समर सोडुनी बलरामें जें केलें प्राशन -
सरस्वतीचें तीर्थ, सख्या, ते पावन व्हाया पिउनी घेईं
अंतरंग तव वरिल शुभ्रता असो श्यामता असली देहीं!

५२

तस्माद्गच्छेरनुकनखलं शैलराजावतीर्णां
जह्नोः कन्यां सगरतनयस्वर्गसोपानपङ्क्तिम् ।
गौरीवक्त्रभ्रुकुटिरचनां या विहस्येव फेनैः
शंभोः केशग्रहणमकरोदिन्दुलग्नोर्मिहस्ता ।।

कनखलतीर्था गांठुनिया मग जह्नुसुतेच्या सन्निध जाई
निजतनुचा सोपान करुनियां सगरसुता जी स्वर्गी नेई
जटा शिवाच्या खेंचुन घेई चंद्रकलेप्रत ऊर्मी भिडवुन
फेनमिषें जी हंसे खदखदां भ्रुकुटिभंग गौरीचे देखुन!

५३

तस्याः पातुं सुरगज इव व्योम्नि पश्चार्धलम्बी
त्वं चेदच्छस्फटिकविशदं तर्कयोस्तिर्यगम्भः ।
संसर्पन्त्या सपदि भवतः स्रोतसि च्छाययासौ
स्यादस्थानोपगतयमुनासङ्गमेवाभिरामा ।।

तिरपा किंचित् होउन झुकतां देवगजासम तू गगनांतुन
स्फटिकधवलसें पय गंगेचें आतुरतेनें करशिल प्राशन
तुझी सांवळी पडेल छाया शुभ्र जाह्नवीजळांत जेव्हां
गंगायमुनासंगम झाला भलत्या ठायीं - गमेल तेव्हां

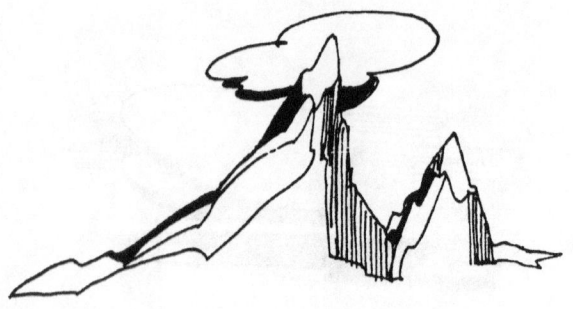

५४

आसीनानां सुरभितशिलं नाभिगन्धैर्मृगाणां
तस्या एव प्रभवमचलं प्राप्य गौरं तुषारैः ।
वक्ष्यस्यध्वश्रमविनयने तस्य शृंगे निषण्णः
शोभां शुभ्रत्रिनयनवृषोत्खातपङ्कोपमेयाम् ।।

शुभ्र जलाचे तुषार उडवी त्या गंगेचें हें उगमस्थळ
कस्तुरिहरणें बसलीं त्यांचा इथें शिळांना मादक परिमळ
श्रम घालविण्या हिमशैलावर टेकशील तूं, जलदा, जेव्हां
नंदीनें उखणून काढिल्या पंकासम, रे, दिसशिल तेव्हां

५५

तं चेद्वायौ सरति सरलस्कंधसंघट्टजन्मा
बाधेतोल्काक्षपितचमरीबालभारो दवाग्नी ।
अर्हस्येनं शमयितुमलं वारिधारासहस्त्रै -
रापन्नार्तिप्रशमनफलाः संपदो ह्युत्तमानाम् ।।

सरलतरूंच्या घांसुन फांद्या वनास अवघ्या व्यापिल वणवा
उडवुन ठिणग्या वनगाईंचा केशभार जाळील जेधवां
सहस्त्रधारा वर्षुन तेव्हां शमवी, जलदा, तो दावानल
दुःखार्तांचें दुःखनिवारण श्रीमंतीचें हेंच खरें फळ!

५६

ये संरम्भोत्पतनरभसाः स्वाङ्गभङ्गाय तस्मि -
न्मुक्ताध्वानं सपदि शरभा लङ्घयेयुर्भवन्तम् ।
तान्कुर्वीथास्तुमुलकरकावृष्टिपातावकीर्णा -
न्के वा न स्युः परिभवपदं निष्फलारम्भयत्नाः ।।

मार्ग आपुला सोडुन चिडुनी शरभ तुझ्यावर धांवुन आले
संतापानें उसळुन तुजसी समर कराया पुढें ठाकले-
गारांचा वर्षाव करुनियां दाणादाण करीं तू त्यांची
भलतें साहस करुं बघती जे, गत त्यांची तर हीच व्हायची!

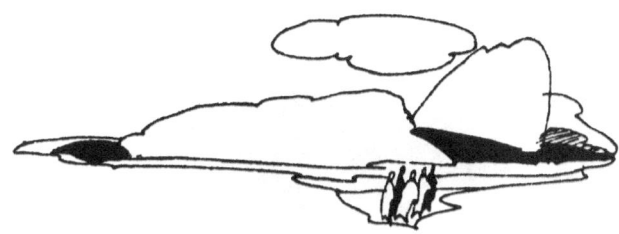

५७

तत्र व्यक्तं दृषदि चरणन्यासमर्धेन्दुमौलेः
शश्वत्सिद्धैरुपचितबलिं भक्तिनम्रः परीयाः ।
यस्मिन्दृष्टे करणविगमादूर्ध्वमुद्धूतपापाः
संकल्पन्ते स्थिरगणपदप्राप्तये श्रद्दधानाः ।।

स्पष्ट उमटलें दिसेल पाउल तिथें शिवाचें पाषाणावरिं
सिद्धार्पितबलि पावन स्थल तें, लवुनि तिथें तूं प्रदक्षिणा करिं
दर्शनेंच ज्या श्रद्धाळूंचें जन्मभराचें पाप निरसतें
देहपात घडतांच गणांमधिं शाश्वत त्यांतें स्थान लाभतें

५८

शब्दायन्ते मधुरमनिलैः कीचकाः पूर्यमाणाः
संसक्ताभिस्त्रिपुरविजयो गीयते किन्नरीभिः ।
निर्ह्रादस्ते मुरज इव चेत्कन्दरेषु ध्वनिः स्या -
त्संगीतार्थो ननु पशुपतेस्तत्र भावी समग्रः ।।

वेळूमध्यें शिरतां वारा नादतील स्वर, जशी बासरी
त्रिपुरविजय साजरा कराया प्रेमभरें गातील किन्नरी
डमरू होउन घुमतिल जेव्हां गिरीदरींतुन तुझी गर्जितें
शिवस्तुतीच्या गानोत्सविं मग उणें न लवही राहिल तेथें!

५९

प्रालेयाद्रेरुपतटमतिक्रम्य तांस्तान्विशेषा -
न्हंसद्वारं भृगुपतियशोवर्त्म यत्क्रौंचरन्ध्रम् ।
तेनोदीचीं दिशमनुसरेस्तिर्यगायामशोभी
श्याम: पादो बलिनियमनाभ्युद्यतस्येव विष्णो: ।।

हिमालयाचे तट ओलांडुन क्रौंचरंध्र मग करि तूं जवळीं
परशुरामयशसूचक पथ तो, ज्यांतुन जाते नित हंसाली
उत्तरेस तूं निघतां तिरपी दीर्घतनू तव दिसेल शोभुन
चरण सांवळा विष्णूचा की उचले बळिचें करण्या नियमन!

६०

गत्वा चोर्ध्वं दशमुखभुजोच्छ्वासितप्रस्थसंधेः
कैलासस्य त्रिदशवनितादर्पणस्यातिथिः स्याः ।
शृङ्गोच्छ्रायैः कुमुदविशदैर्यो वितत्य स्थितः खं -
राशीभूतः प्रतिदिनमिव त्र्यम्बकस्याट्टहासः ।।

बलिष्ठ अपुल्या करें गदगदां जयास हलवी दशमुख रावण
सुरवनितांच्या प्रसाधनास्तव स्वयें होत जो निर्मळ दर्पण
उंच भरारी घेउनियां त्या कैलासाचा अतिथी होईं
शिखरें नच तीं - सदाशिवाचें धवल हास्य जणुं सांचुन राही!

६१

उत्पश्यामि त्वयि तटगते स्निग्धभिन्नाञ्जनाभे
सद्यः कृत्ताद्विरददशनच्छेदगौरस्य तस्य ।
शोभामद्रेः स्तिमितनयनप्रेक्षणीयां भवित्री -
मंसन्यस्ते सति हलभृतो मेचके वाससीव ।।

~

हस्तिदंत नुकतांच कापिला धवलवर्ण तो ऐसा गिरिवर
स्निग्ध काजळासमान काळा उतरशील तूं जेव्हां त्यावर
तव संपर्कें मिरविल गिरि तो ऐसा नयनाभिराम तोरा
कांबळ काळी खांदीं टाकुन उभा जणूं बलरामच गोरा!

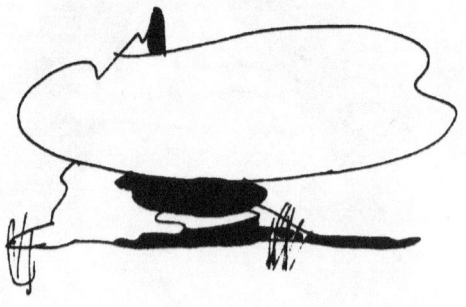

६२

हित्वा तस्मिन्भुजगवलयं शंभुना दत्तहस्ता
क्रीडाशैले यदि च विहरेत्पादचारेण गौरी ।
भङ्गीभक्त्या विरचितवपुः स्तंभितान्तर्जलौघः
सोपानत्वं कुरु मणितटारोहणायाग्रयायी ॥

~

सर्पवलय टाकून आपुले हात शिवानें तिजला देतां
क्रीडाशैली विहार करण्या सजेल जर कां हिमनगदुहिता
मणिमय तट ते चढण्या तिजला साह्य करावें धरून हेतू
जळभारा रोधून अंतरीं निजतनुचा सोपान करीं तूं

६३

तत्रावश्यं वलयकुलिशोद्घट्टनोद्गीर्णतोयं
नेष्यन्ति त्वां सुरयुवतयो यंत्रधारागृहत्वं
ताभ्यो मोक्षस्तव यदि सखे! घर्मलब्धस्य न स्यात्
क्रीडालोलाः श्रवणपरुषैर्गर्जितैर्भाययेस्ताः ।।

~

सुरललनांची रत्नकंकणें हीरक त्यांचे तुजला रुततां
फुटतां धारा करतिल त्या तव धारायंत्रच स्नानाकरितां
ग्रीष्मीं जळसुख घेतां रमल्या मुक्त न करतिल त्या जर तुजशीं
कर्णकटू तर करुनि गर्जना सहज, सख्या रे! भिवव तयांशीं!

६४

हेमाम्भोजप्रसवि सलिलं मानसस्याददानः
कुर्वन्कामं क्षणमुखपटप्रीतिमैरावतस्य ।
धुन्वन्कल्पद्रुमकिसलयान्यंशुकानीव वातै -
र्नानाचेष्टैर्जलद ललितैर्निर्विशेस्तं नगेन्द्रम् ॥

~

कांचनकमळें ज्यांत विकसती मानसजल तें सुखें सेवुनी
ऐरावत विहरती तयांची मुखें, घना, तूं टाक झांकुनी
कल्पतरूंचे कोमल पल्लव ललितलाघवें झुलवित राही
कैलासावर विसावतां क्षण सुखें लाभतिल अमित तुला ही!

६५

तस्योत्सङ्गे प्रणयिन इव स्त्रस्तगङ्गादुकूलां
न त्वं दृष्ट्वा न पुनरलकां ज्ञास्यसे कामचारिन् ।
या वः काले वहति सलिलोद्गारमुच्चैर्विमाना
मुक्ताजालग्रथितमलकं कामिनीवाभ्रवृन्दम् ।।

कैलासाच्या अंकावरती विसांवलेली जशी प्रणयिनी
पाहशील तूं अलका - ढळलें दुकूल गंगेचें कटिवरुनी -
जलमय मेघांमध्यें झाकतां हर्म्य जेथले वर्षाकाळी
दिसेल नटली कचपाशीं ती लेवुनिया मोत्यांची जाळी

। उत्तरमेघ ।

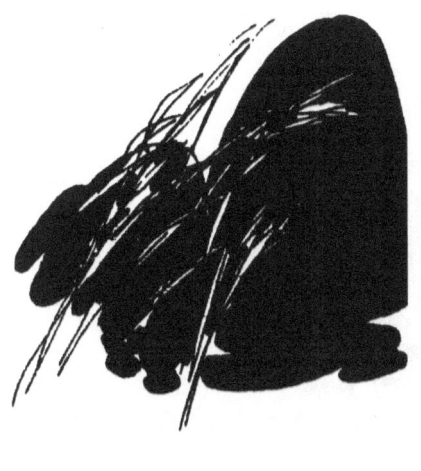

१

विद्युत्वन्तं ललितवनिताः सेन्द्रचापं सचित्राः
संगीताय प्रहतमुरजाः स्निग्धगम्भीरघोषम् ।
अन्तस्तोयं मणिमयभुवस्तुङ्गमभ्रंलिहाग्राः
प्रासादास्त्वां तुलयितुमलं यत्र तैस्तैर्विशेषैः ।।

~

तिथें विजेसम चमकति ललना चित्रें तिथलीं इंद्रधनूपरि
मृदंग झडती नाद तयांचा घोष तुझा कीं गभीर अंतरिं
भूमीवर जडवियली रत्नें जलकण जैसे तुझे चमकती
अलकेमधलीं भवनें तुजशीं त्या त्या परिचें साम्य दावितीं

२

हस्ते लीलाकमलमलके बालकुन्दानुविद्धं
नीता लोध्रप्रसवरजसा पाण्डुतामानने श्रीः।
चूडापाशे नवकुरबकं चारु कर्णे शिरीषं
सीमन्ते च त्वदुपगमजं यत्र नीपं वधूनाम्।।

~

तिथें कामिनी कुंद माळुनी कमळफुलांशीं सहज खेळती
लोध्रफुलांचे पराग माखुन गौर गौरतर वदनें करिती
कचपाशीं कोरांटी रचिती, शिरीष खोविति कानांवरुनी
तवागमीं जो कदम्ब फुलतो, भांग सजविती अपुले त्यांनीं

३

यत्रोन्मत्तभ्रमरमुखराः पादपा नित्यपुष्पा
हंसश्रेणीरचितरशना नित्यपद्मा नलिन्यः।
केकोत्कण्ठा भवनशिखिनो नित्यभास्वत्कलापा
नित्यज्योत्स्नाः प्रतिहततमोवृत्तिरम्याः प्रदोषाः।।

~

वृक्ष तेथले सदाच फुलले भ्रमर जयांवर नित्य गुंजती
हंसमालिका जणू मेखला नित्य विकसल्या कमलिनिभवतीं
सदनिं पाळले मोर केकती झळझळता पसरून पिसारा
चांदण्यांत नित रजनी न्हाती पूर्णशशीच्या स्त्रवता धारा

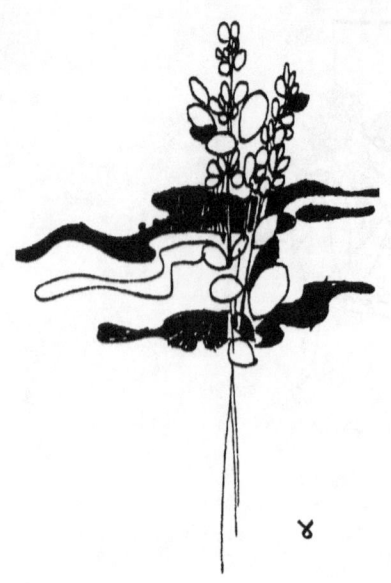

४

आनन्दोत्थं नयनसलिलं यत्र नान्यैर्निमित्तै -
र्नान्यस्तापः कुसुमशरजादिष्टसंयोगसाध्यात्।
नाप्यन्यस्मात्प्रणयकलहाद्विप्रयोगोपपत्ति -
र्वित्तेशानां न च खलु वयो यौवनादन्यदस्ति।।

आनंदाश्रू नयनीं केवळ अन्य तयांना निमित्त नाहीं
मीलनसुख अंतरतां त्यांना मदनशरांविण नसे व्यथाही
प्रणयकलह झाल्यास घडे तो - तोच तेवढा वियोग त्यांतें
विचित्र सारे - वयहि न दुसरें तारुण्याविण यक्षजनातें!

५

यस्यां यक्षाः सितमणिमयान्येत्य हर्म्यस्थलानि
ज्योतिश्छायाकुसुमरचितान्युत्तमस्त्रीसहायाः।
आसेवन्ते मधु रतिफलं कल्पवृक्षप्रसूतं
त्वद्गम्भीरध्वनिषु शनकैः पुष्करेष्वाहतेषु।।

~

मणिमय सदनीं तिथें विहरती यक्ष आपल्या सख्यांसंगतीं
स्फटिकभूवरी बिंबुनि तारा पुष्पविरचना जेथें करिती
'रतिफल' नामें कल्पतरूची मदिरा रुचिनें करिती प्राशन
मृदंग नादति साथ द्यावया, तुझेंच जणुं कीं तें घनगर्जन!

६

मन्दाकिन्याः सलिलशिशिरैः सेव्यमाना मरुद्भि -
र्मन्दाराणामनुतटरुहां छायया वारितोष्णाः।
अन्वेष्टव्यैः कनकसिकतामुष्टिनिक्षेपगूढैः
संक्रीडन्ते मणिभिरमरप्रार्थिता यत्र कन्याः।।

शीतल गंगाप्रवाह सेवुनि वारा तिथला झाला शीतल
तीरावर मंदारतरूंच्या सावलींत सुखशीत धरातल
तिथें कन्यका रूपसुंदरा देवहि ज्यांना स्वयें वांछिती
सुवर्णरेतिंत लपवुन रत्नें शोधायाचा खेळ खेळती

७

नीवीबन्धोच्छ्वसितशिथिलं यत्र बिम्बाधराणां
क्षौमं रागादनिभृतकरेष्वाक्षिपत्सु प्रियेषु।
अर्चिस्तुङ्गानभिमुखमपि प्राप्य रत्नप्रदीपान्
ह्रीमूढानां भवति विफलप्रेरणा चूर्णमुष्टिः।।

~

हात घालतां सजण निरीला सैल रेशमी वसन ओघळे
लाजुनियां बावरती ललना काय करावें आतां नकळे
अंगराग उधळिती मुठींनें, प्रकाश तिमरीं बुडवूं बघती
ज्योत उंच पण तशीच झळके रत्नदीप ते मुळीं न विझती

८

नेत्रा नीताः सततगतिना यद्विमानाग्रभूमी -
रालेख्यानां नवजलकणैर्दोषमुत्पाद्य सद्यः ।
शङ्कास्पृष्टा इव जलमुचस्त्वादृशा जालमार्गै -
र्धूमोद्‌गारानुकृतिनिपुणा जर्जरा निष्पतन्ति।।

वाऱ्यासंगें मेघ तुझ्यासम तिथें सातव्या मजल्यावरतीं
शिरुन मंदिरीं भिंतीवरचीं रंगचित्रणें धूसर करिती
भीतियुक्त परि होतां चित्तीं जलद जाळिच्या गवाक्षांतुनी
पिंजुनि जलकण रूप धुराचें घेउन वेगें जाती पळुनी!

९

यत्र स्त्रीणां प्रियतमभुजालिङ्गनोच्छ्वासिताना -
मङ्गग्लानिं सुरतजनितां तन्तुजालावलम्बाः ।
त्वत्संरोधापगमविशश्चन्द्रपादैर्निशीथे
व्यालुम्पन्ति स्फुटजललवस्यन्दिनश्चन्द्रकान्ताः ।।

उत्तररात्रीं रतिलीलेनें क्लान्त जाहल्या जिथें कामिनी
सैल मिठी सजणाची होतां आळसावुनी पडती शयनीं
छतास झुलती चन्द्रकान्तमणि चंद्रकरांनी ते विरघळती
थेंब टपोरे तनुवर पडतां विलासिनींचा शीण वारिती

१०

अक्षय्यान्तर्भवननिधयः प्रत्यहं रक्तकण्ठै -
रुद्गायद्भिर्धनपतियशः किन्नरैर्यत्र सार्धम्।
वैभ्राजाख्यं विबुधवनितावारमुख्यासहाया
बद्धालापा बहिरुपवनं कामिनो निर्विशन्ति।।

अलकेबाहिर उपवन फुललें नामें जैं 'वैभ्राज' शोभलें
कुबेरकीर्ती सदैव गाती अनुरागानें यक्ष तेथले
संगे प्रणयालाप कराया स्वर्गामधल्या गणिका सुंदर
स्वरामध्यें स्वर मिसळुन गाया सज्ज सदाही असती किन्नर!

११

गत्युत्कंपादलकपतितैर्यत्र मन्दारपुष्पैः
पत्रच्छेदैः कनककमलैः कर्णविभ्रंशिभिश्च।
मुक्ताजालैः स्तनपरिसरच्छिन्नसूत्रैश्च हारै -
र्नैशो मार्गः सवितुरुदये सूच्यते कामिनीनाम्।।

सूर्योदयिं तूं पथीं पाहशिल वेणीमधुनी सुमनें सुटलीं,
कमळें ढळतां कानांवरुनी ठायीं ठायीं दलें विखुरलीं,
पुष्ट स्तनांवर हेलकावतां तुटल्या माळा, गळले मोती,
अभिसारोत्सुक रमणी गेल्या इथून रात्रीं - खुणा सुचविती!

१२

वासश्चित्रं मधु नयनयोर्विभ्रमादेशदक्षं
पुष्पोद्भेदं सह किसलयैर्भूषणानां विकल्पान्।
लाक्षारागं चरणकमलन्यासयोग्यं च यस्या -
मेक: सूते सकलमबलामण्डनं कल्पवृक्ष:।।

~

चित्रित वसनें, मादक मदिरा कटाक्ष करि जी अधिकच गहिरे,
मृदुल पालवीसवेंच सुमनें, अलंकारही विविध साजरे,
चरणतळां रंगविण्या अळिता, रुचिर मण्डनें विलासिनींचीं,
एक कल्पतरु पुरवी अवघी शृंगाराची हौस तयांची!

१३

पत्रश्यामा दिनकरहयस्पर्धिनो यत्र वाहाः
शैलोदग्रास्तमिव करिणो वृष्टिमन्तः प्रभेदात्।
योधाग्रण्यः प्रतिदशमुखं संयुगे तस्थिवांसः
प्रत्यादिष्टाभरणरुचयश्चन्द्रहासव्रणाङ्कैः।।

~

अश्व तेथले सूर्यरथाच्या अश्वांशीं जे होड लाविती
तुंग नगासम अजस्त्र गजही तुजसम मदभारें पाझरती
पराक्रमी रणधीर जयांनीं रणीं अडविले रावणासही
आभरणें जणुं व्रण मिरवियले खड्ग तयाचें झेलुन देहीं!

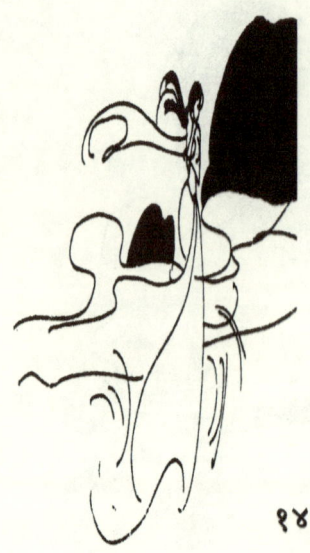

१४

मत्वा देवं धनपतिसखं यत्र साक्षाद्वसन्तं
प्रायश्चापं न वहति भयान्मन्मथः षट्पदज्यम्।
सभ्रूभङ्गप्रहितनयनैः कामिलक्ष्येष्वमोघै -
स्तस्यारम्भश्चतुरवनिताविभ्रमैरेव सिद्धः।।

वसे सदाशिव साक्षात येथें सखा असे प्रिय जो धनपतिचा
म्हणुनि भिउनियां मदन न खेंची भ्रमरधनूची निज प्रत्यंचा
कामिजनांवर परंतु रमणी अमोघ येथें कटाक्ष टाकिति
प्रणयचतुर त्या विभ्रमशीला अनंगहेतू सहज साधिती!

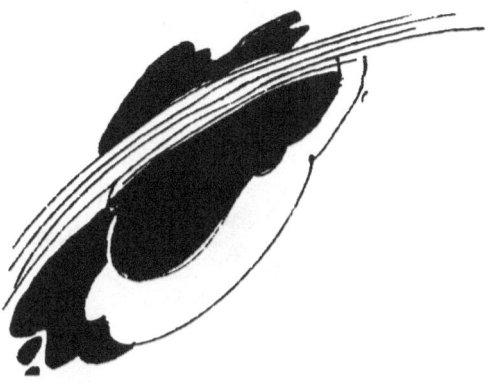

१५

तत्रागारं धनपतिगृहादुत्तरेणास्मदीयं
दूराल्लक्ष्यं सुरपतिधनुश्चारुणा तोरणेन ।
यस्योपान्ते कृतकतनयः कान्तया वर्धितो मे
हस्तप्राप्यस्तबकनमितो बालमन्दारवृक्षः ।।

~

कुबेरसदनाजवळीं आहे उत्तरेस तें भवन आमुचें
दुरून भरतें नयनीं कारण तोरण दारीं इंद्रधनूचें
प्रियपुत्रासम सखिनें माझ्या वाढविलेला तरू अंगणीं
मंदाराचा - गुच्छ जयाचे सहज करामधिं येती झुकुनी

१६

वापी चास्मिन्मरकतशिलाबद्धसोपानमार्गा
हैमैश्छन्ना विकचकमलैः स्निग्धवैदूर्यनालैः ।
यस्यास्तोये कृतवसतयो मानसं संनिकृष्टं
नाध्यास्यन्ति व्यपगतशुचस्त्वामपि प्रेक्ष्य हंसाः ॥

~

वापी सन्निध पाचुमण्यांच्या तिच्या पायऱ्या आंत उतरती
सुवर्णकमळें तिथें लहरतीं वैदुर्याच्या देठांवरतीं
हंस विहरती जळामध्यें त्या सौख्य लाभतें इतुकें त्यांना
तुज बघतांही मानससरसीं जाणें - जवळीं जरी - रुचेना!

१७

तस्यास्तीरे रचितशिखरः पेशलैरिन्द्रनीलैः
क्रीडाशैलः कनककदलीवेष्टनप्रेक्षणीयः ।
मद्गेहिन्याः प्रिय इति सखे चेतसा कातरेण
प्रेक्ष्योपान्तस्फुरिततडितं त्वां तमेव स्मरामि ।।

~

सन्निध क्रीडाशैल शोभतो शिखर जयाचें नीलमण्यांचें
भवतिं वाढल्या सोनकर्दळी अधिक खुलविती वैभव त्याचें
विद्युत्वेष्टित नीलघना, तुज बघतां त्याचा आठव येतो
सखिला माझ्या प्रिय तो भारी म्हणुन स्मृतीनें व्याकुळ होतों!

१८

रक्ताशोकश्चलकिसलयः केसरश्चात्र कान्तः
प्रत्यासन्नौ कुरबकवृतेर्माधवीमण्डपस्य।
एकः सख्यास्तव सह मया वामपादाभिलाषी
कांक्षत्यन्यो वदनमदिरां दोहदच्छद्मनास्याः।।

अशोक तेथें फुले तांबडा झिलमिल ज्याची हले पालवी
केसरतरुही जवळ तयाच्या दिसे डंवरली लता माधवी
एक मजसवें तव वहिनीच्या वामपदाची करी प्रतीक्षा
चूळ मिळावी तिच्या मुखांतिल मद्याची - दुसऱ्याची वांछा!

१९

तन्मध्ये च स्फटिकफलका काञ्चनी वासयष्टि -
र्मूले बद्धा मणिभिरनतिप्रौढवंशप्रकाशैः।
तालैः शिञ्जावलयसुभगैर्नर्तितः कान्तया मे
यामध्यास्ते दिवसविगमे नीलकण्ठः सुहृद्वः।।

एक यष्टिका झुले कांचनी तरूंमध्ये त्या स्फटिकशिलेवर
जिच्या मुळाशीं आधारास्तव रत्नें खचिलीं हिरवीं सुंदर
तिथें आमुच्या पाळिव मोरा सांजेला सखि शिकवी नर्तन
तालावर ती टाळी देतां रुणझुणु करिती करांत कंकण!

२०

एभिः साधो हृदयनिहितैर्लक्षणैर्लक्षयेथा
द्वारोपान्ते लिखितवपुषौ शङ्खपद्मौ च दृष्ट्वा।
क्षामच्छायं भवनमधुना मद्वियोगेन नूनं
सूर्योपाये न खलु कमलं पुष्यति स्वामभिख्याम्।।

शंखपद्म रंगविलीं चित्रें प्रवेशद्वारीं बाजुंस दोन्ही
चतुरा, माझें सदन बघावें खुणा अशा या ठेवुन स्मरणीं
ओळखशिल तूं त्वरित जरी तें दिसेल शोभाविहीन आतां
कमळाची का खुले मुखश्री सायंकाळीं रवि मावळतां?

२१

गत्वा सद्यः कलभतनुतां शीघ्रसंपातहेतोः
क्रीडाशैले प्रथमकथिते रम्यसानौ निषण्णः।
अर्हस्यन्तर्भवनपतितां कर्तुमल्पाल्पभासं
खद्योतालीविलसितनिभां विद्युदुन्मेषदृष्टिम्।।

~

बालगजाचें रूप धरीं तूं उतरशील मग सहजच खालीं
सुरम्य शिखरीं टेक जरासा पूर्वोल्लेखित क्रीडाशैलीं
विद्युल्लेखाकटाक्ष टाकुन सदन आंतुनी प्रथम बघावें
सौम्य करी पण तेज विजेचें मंद चमकती जसे काजवे!

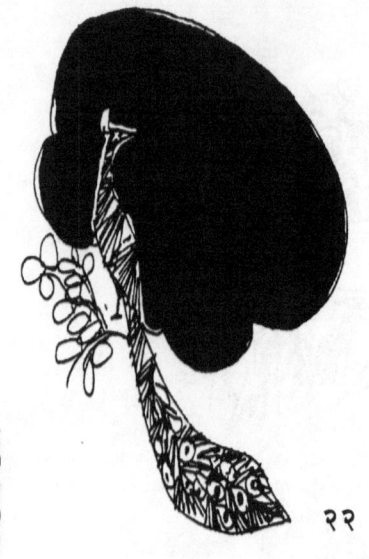

२२

तन्वी श्यामा शिखरिदशना पक्वबिम्बाधरोष्ठी
मध्ये क्षामा चकितहरिणीप्रेक्षणा निम्ननाभिः।
श्रोणीभारादलसगमना स्तोकनम्रा स्तनाभ्यां
या तत्र स्याद्युवतिविषये सृष्टिराद्यैव धातुः।।

तनु सडपातळ, दांत रेखिले, ओठ सरस जणुं पिकें तोंडलें
बारिक कंबर, सखोल नाभी, भ्याल्या हरिणीसमान डोळे,
पृथुलनितंबा मंदगामिनी, स्तनभारानें किंचित् लवली,
स्त्रीरूपाची पहिली प्रतिमा काय विधीनें गमे घडविली!

२३

तां जानीथाः परिमितकथां जीवितं मे द्वितीयं
दूरीभूते मयि सहचरे चक्रवाकीमिवैकाम्।
गाढोत्कंठा गुरुषु दिवसेष्वेषु गच्छत्सु बाला
जाता मन्ये शिशिरमथिता पद्मिनी वाऽन्यरूपा।।

~

केवळ दुसरा प्राणच माझा मितभाषी ती जाण लाडकी
विरहें माझ्या मनीं झुरतसे चक्रवाकि वा जणुं एकाकी
कठिण दुरावा गाढ सोसतां असेल गेली म्लान होउनी
शिशिराचा आघात सोसतां विशीर्ण व्हावी जशी कमलिनी!

२४

नूनं तस्याः प्रबलरुदितोच्छूननेत्रं प्रियायाः
निःश्वासानामशिशिरतया भिन्नवर्णाधरोष्ठम्।
हस्तन्यस्तं मुखमसकलव्यक्ति लम्बालकत्वा -
दिन्दोर्दैन्यं त्वदनुसरणक्लिष्टकान्तेर्बिभर्ति।।

~

असतिल सुजले डोळे सखिचे सदैव करितां प्रदीर्घ रोदन
उष्ण दीर्घ त्या निःश्वासांनीं गेले असतिल ओठहि करपुन
तळहातावर वदन विसावे मुक्त केश त्यावरीं विखुरले
घनपटलीं जणुं केंविलवाणें बिंब शशीचें अर्धझांकलें!

२५

आलोके ते निपतति पुरा सा बलिव्याकुला वा
मत्सादृश्यं विरहतनु वा भावगम्यं लिखन्ती!
पृच्छन्ती वा मधुरवचनां सारिकां पञ्जरस्थां
कच्चिद्भर्तुः स्मरसि रसिके त्वं हि तस्य प्रियेति।।

~

दिसेल तुजला सती कदाचित् देवपूजनामधे गुंतली
विरहें कृश मम तनू कल्पुनी चित्रांकित वा करित राहिली
पिंजऱ्यांतल्या मैनेला ती असेल किंवा पुसत कौतुकीं
'स्मरती का, गे, प्रियतम तुज ते? होतिस मजसम तूंहि लाडकी!'

२६

उत्सङ्गे वा मलिनवसने सौम्य! निक्षिप्य वीणां
मद्गोत्राङ्कं विरचितपदं गेयमुद्गातुकामा।
तन्त्रीरार्द्रां नयनसलिलैः सारयित्वा कथंचि -
द्भूयो भूयः स्वयमपि कृतां मूर्च्छनां विस्मरन्ती।।

मलिनवसनिं वा मांडीवरतीं वीणा घेउन असेल बसली
नांव गुंफिलें जयांत माझें गीत गावया आतुर झाली
गातांना पण नयनीं आंसू ओघळती ते तारांवरतीं
स्वयें योजिल्या तानांचीही सखिला होते, हाय! विस्मृती!

२७

शेषान्मासान्विरहदिवसस्थापितस्यावधेर्वा
विन्यस्यन्ती भुवि गणनया देहलीदत्तपुष्पैः।
मत्संगं वा हृदयनिहितारम्भमास्वादयन्ती
प्रायेणैते रमणविरहेष्वङ्गनानां विनोदाः।।

~

उंबरठ्यावर फुलें मांडुनी एक एक ती दिवस मोजिते
किति विरहाचे मास राहिले, पुन्हां पुन्हां अजमावुन बघते
रमते केव्हां कल्पनेंत मम सहवासाचीं चित्रें रेखुन
विरहामध्यें रमणी बहुधा असेंच करिती मनोविनोदन!

२८

सव्यापारामहनि न तथा पीडयेन्मद्वियोग:
शङ्के रात्रौ गुरुतरशुचं निर्विनोदां सखीं ते।
मत्संदेशै: सुखयितुमलं पश्य साध्वीं निशीथे
तामुन्निद्रामवनिशयनां सौधवातायनस्थ:॥

~

घरकामांमधिं विविध गुंततां दिवस येवढा नसेल जाचत
माझ्या विरहें रात परंतू एकाकिनि कशि असेल कंठित?
सौधावरल्या खिडकीपाशीं थांबुन रात्रीं भेट तियेला
निद्रेविण तळमळतां भूवर, निरोप दे मम, सुखव सखीला!

२९

आधिक्षामां विरहशयने संनिषण्णैकपार्श्वां
प्राचीमूले तनुमिव कलामात्रशेषां हिमांशो: ।
नीता रात्रि: क्षणमिव मया सार्धमिच्छारतैर्या
तामेवोष्णैर्विरहमहतीमश्रुभिर्यापयन्तीम् ।।

प्रिया कृशांगी असेल निजली शय्येवरतीं एक कुशीवर
प्राचीवरतीं कोर शशीची कललेली जणुं पांडुर धूसर
मीलनांत जी क्षणासारखी, विरहानें ती प्रदीर्घ रजनी
उष्ण आंसवें ढाळुन क्रमिते दु:खभरानें सखी विरहिणी!

३०

पादानिन्दोरमृतशिशिराञ्जालमार्गप्रविष्टा -
न्पूर्वप्रीत्या गतमभिमुखं संनिवृत्तं तथैव।
चक्षुः खेदात्सलिलगुरुभिः पक्ष्मभिश्छादयन्तीं
साभ्रेऽह्नीव स्थलकमलिनीं नप्रबुद्धां नसुप्तां।।

अमृतशीतल सुखद चांदणें गवाक्षांतुनी येतां सदनीं
अभिमुख होई प्रिया तयाला पूर्वसुखाचें स्मरण होउनी
तोच आंसवें भरतीं डोळां, झुके पापणी त्यांवर ओली
भूकमळाची कळी जणूं कीं अर्ध उमलली, अर्धी मिटली!

३१

निःश्वासेनाधरकिसलयक्लेशिना विक्षिपन्तीं
शुद्धस्नानात्परुषमलकं नूनमागण्डलम्बम्।
मत्संभोग: कथमुपनयेत्स्वप्नजोऽपीति निद्रा -
माकाङ्क्षन्तीं नयनसलिलोत्पीडरुद्धावकाशाम्।।

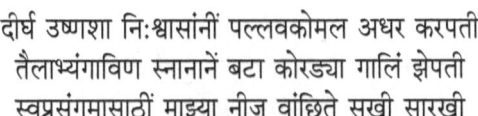

दीर्घ उष्णशा निःश्वासांनीं पल्लवकोमल अधर करपती
तैलाभ्यंगाविण स्नानानें बटा कोरड्या गालिं झेपती
स्वप्नसंगमासाठीं माझ्या नीज वांछिते सखी सारखी
नयनिं दाटतां परी आसवें सुखास त्याही होइ पारखी!

३२

आद्ये बद्धा विरहदिवसे या शिखा दाम हित्वा
शापस्यान्ते विगलितशुचा तां भयोद्वेष्टनीयाम्।
स्पर्शक्लिष्टामयमितनखेनासकृत्सारयन्तीं
गण्डाभोगात्कठिनविषमामेकवेणीं करेण।।

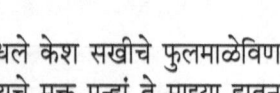

वियोग होतां सुरू बांधले केश सखीचे फुलमाळेविण
विरहकाल संपतां व्हायचे मुक्त पुन्हां ते माझ्या हातुन
तेलावांचुन रख्ख बटा त्या गालीं झुकती फिरुनी फिरुनी
नखें वाढल्या अंगुलि फिरवुन निवारितां सखि जाय त्रासुनी!

३३

सा संन्यस्ताभरणमबला पेशलं धारयन्ती
शय्योत्सङ्गे निहितमसकृत् दुःखदुःखेन गात्रम्।
त्वामप्यस्त्रं नवजलमयं मोचयिष्यत्यवश्यं
प्रायः सर्वो भवति करुणावृत्तिरार्द्रान्तरात्मा।।

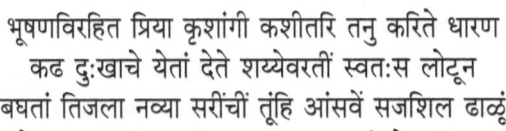

भूषणविरहित प्रिया कृशांगी कशीतरि तनु करिते धारण
कढ दु:खाचे येतां देते शय्येवरतीं स्वत:स लोटून
बघतां तिजला नव्या सरींचीं तूंहि आंसवें सजशिल ढाळूं
ओलावा हृदयांत जयांच्या, जात्या असती ते कनवाळू!

३४

जाने सख्यास्तव मयि मनः संभृतस्नेहमस्मा -
दित्थंभूतां प्रथमविरहे तामहं तर्कयामि।
वाचालं मां न खलु सुभगंमन्यभावः करोति
प्रत्यक्षं ते निखिलमचिराभ्द्रातरुत्क्तं मया यत्।।

ठावें मज कीं तव वहिनीची अनन्य प्रीती माझ्या ठायीं
वियोग पहिला त्यांतुन म्हणुनी दशा सखीची कळे मलाही
बडबडतों मी फुका न धरुनी निजभाग्याची मनीं अहंता
प्रत्यक्षांतच पाहशील तूं मम वचनांमधिं किती सत्यता!

३५

रुद्धापाङ्गप्रसरमलकैरञ्जनस्नेहशून्यं
प्रत्यादेशादपि च मधुनो विस्मृतभ्रूविलासम्।
त्वय्यासन्ने नयनमुपरिस्पन्दि शङ्के मृगाक्ष्या
मीनक्षोभाच्चलकुवलयश्रीतुलामेष्यतीति।।

~

नयन काजळाविना, तयाची दृष्टि रोधिली रुक्ष बटांनीं
मधुपानाचा अभाव म्हणुनी भ्रूभंगहि जो गेला विसरुनी
तूं येतां परि जवळ सखीचा डावा डोळा लवेल किंचित
सळसळतां मासळी जळामधिं नीलकमल जणुं व्हावें विचलित!

३६

वामश्चायाः कररुहपदैमुच्यमानो मदीयै -
मुर्क्ताजालं चिरपरिचितं त्याजितो दैवगत्या।
संभोगान्ते मम समुचितो हस्तसंवाहनानां
यास्यत्यूरुः सरसकदलीस्तम्भगौरश्चलत्वम्।।

वाम अंक तो, मुकलासे जो आतां माझ्या नखक्षतांना
गति दैवाची विपरित म्हणुनी रुळे न ज्यावर मौक्तिकरशना,
संभोगाचा शीण हराया निजहस्तें मी चुरित जयाला
कंपित होई, रसाळ गाभा केळीचा जणुं गोरा पिवळा!

३७

तस्मिन्काले जलद यदि सा लब्धनिद्रासुखा स्या -
दन्वास्यैनां स्तनितविमुखो याममात्रं सहस्व।
मा भूदस्याः प्रणयिनि मयि स्वप्नलब्धे कथंचि -
त्सद्यःकण्ठच्युतभुजलताग्रंथि गाढोपगूढम्।।

~

घना, लाडकी माझी तेव्हां निद्रासुख जरि असेल सेवित
करी प्रतीक्षा प्रहर तीन तूं, विसर सख्या, रे, अपुलें गर्जित
मीलनसुख ती असेल सेवित स्वप्नभेट तरि माझी होतां
गळामिठीचें स्वप्न भंगुनी सैल न व्हाव्या तिच्या भुजलता!

३८

तामुत्थाप्य स्वजलकणिकाशीतलेनानिलेन
प्रत्याश्वस्तां सममभिनवैर्जालकैर्मालतीनाम्।
विद्युद्गर्भः स्तिमितनयनां त्वत्सनाथे गवाक्षे
वक्तुं धीरः स्तनितवचनैर्मानिनीं प्रक्रमेथाः॥

जागव सखिला जलकण मिसळुन शीतल झालेल्या झुळुकांनीं
जातिफुलांसह त्या स्पर्शानें प्रसन्न होइल प्रिया विरहिणी
बघेल तुज ती उभा गवाक्षीं झळक विजांची अंगीं लेवुन
घनगर्जनवच बोलुनियां मग मानिनीस त्या दे आश्वासन

३९

भर्तुर्मित्रं प्रियमविधवे विद्धि मामम्बुवाहं
तत्संदेशैर्हृदयनिहितैरागतं त्वत्समीपम्।
यो वृंदानि त्वरयति पथि श्राम्यतां प्रोषितानां -
मन्द्रस्निग्धैर्ध्वनिभिरबलावेणिमोक्षोत्सुकानि।।

~

केशबंध विरहिणी वधूंचे उकलाया जे अधीर झाले
पांथांचीं त्यां स्नेहभरें मी सदनिं वळवितों त्वरित पाउलें
सुवासिनी, मज ओळखिलें का, तव दयिताचा सखा मेघ मी
हृदयिं धरुन संदेश तयाचा समीप आलों तुझिया धामीं!

४०

इत्याख्याते पवनतनयं मैथिलीवोन्मुखी सा
त्वामुत्कण्ठोच्छ्वसितहृदया वीक्ष्य संभाव्य चैवम्।
श्रोष्यत्यस्मात्परमवहिता सौम्य सीमन्तिनीनां
कान्तोदन्तः सुहृदपनतः संगमात्किंचिदूनः।।

आशातुर सोत्कंठ निरखिते पवनसुतातें जशी जानकी
भरल्या हृदयें तशीच तुजला पाहिल माझी सखी लाडकी
वचनें तव ती ऐकत राहिल आणुन श्रवणीं प्राण आपुला
प्रियेभेटीहुन उणा कितीसा प्रियकुशलाचा श्रवणसोहळा!

४१

तामायुष्मन्मम च वचनादात्मनश्चोपकर्तुं
ब्रूयादेवं तव सहचरो रामगिर्याश्रमस्थ: ।
अव्यापन्न: कुशलमबले पृच्छति त्वां वियुक्त:
पूर्वाभाष्यं सुलभविपदां प्राणिनामेतदेव ।।

~

प्रिय मित्रा, तूं उदार अससी, करीं येवढें माझ्याखातर
सांग सखीला, कान्त तुझा, गे, काळ कंठितो रामगिरीवर
जगे कसा तरि कुशल तुझें तो तुला पुसतसे व्याकुळ भावें
वियोगकाळीं अबल सखीला याहुन दुसरें काय पुसावें?

४२

अङ्गेनाङ्गं प्रतनु तनुना गाढतप्तेन तप्तं
सास्त्रेणाश्रुद्रुतमविरतोत्कण्ठमुत्कण्ठितेन।
उष्णोच्छ्वासं समधिकतरोच्छ्वासिना दूरवर्ती
संकल्पैस्तैर्विशति विधिना वैरिणा रुद्धमार्गः।।

वैर साधितो विधी त्यामुळें दुरावलेला सजण तुझा, गे,
कल्पनेंत तव संग अनुभवी, देइ तुला आलिंगन वेगें
अवयव भिडती घट्ट अवयवा, तनू तापल्या तनूस मिळते
श्वास उष्ण टाकतो सारखा व्याकुळ नयनीं जळ ओघळतें!

४३

शब्दाख्येयं यदपि किल ते यः सखीनां पुरस्ता -
त्कर्णे लोलः कथयितुमभूदाननस्पर्शलोभात्।
सोऽतिक्रान्तः श्रवणविषयं लोचनाभ्यामदृष्ट -
स्त्वामुत्कण्ठाविरचितपदं मन्मुखेनेदमाह।।

सखिसहवासी असतांना तूं, ओठ भिडावे गालीं म्हणुनी
सहज बोलणें तेंहि जयानें हळुंच कथावें तुझिया कानीं
रमण तुझा तो श्रवणदर्शना अतीत होउनि दुरावला, गे,
म्हणुनिच केवळ माझ्याकरवीं तुला मनोगत अपुलें सांगे!

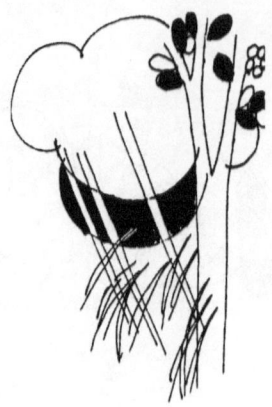

४४

श्यामास्वङ्गं चकितहरिणीप्रेक्षणे दृष्टिपातं
वक्त्रच्छायां शशिनि शिखिनां बर्हभारेषु केशान्।
उत्पश्यामि प्रतनुषु नदीवीचिषु भ्रूविलासान्
हन्तैकस्मिन्क्वचिदपि न ते चण्डि सादृश्यमस्ति।।

वेलीच्या वलयांत तनू तव भीतमृगीमधिं चंचल डोळे
शशीमध्यें मुख, मोरपिसारा - केशभार तो तव आंदोळे
लहरी उठती सरितेवरतीं भ्रूभंगच ते रम्य वांकडे
एका ठायीं, हाय, परन्तू साम्य कुठें नच तुझें सांपडे!

४५

त्वामालिख्य प्रणयकुपितां धातुरागैः शिलाया -
मात्मानं ते चरणपतितं यावदिच्छामि कर्तुम्।
अस्त्रैस्तावन्मुहुरुपचितैर्दृष्टिरालुप्यते मे
क्रूरस्तस्मिन्नपि न सहते संगतं नौ कृतान्तः।।

~

रुसलेली तूं - धातुरसांनीं चित्र शिळेवर असें रेखितों
चरणीं तुझिया नत झालेल्या मला, सखी, मी रंगवुं बघतों
तोंच आंसवें नयनिं दाटतीं, दृष्टी माझी होते धूसर
चित्रांतीलहि मीलन अपुलें सहन होइना दैवा निष्ठुर!

४६

मामाकाशप्रणिहितभुजं निर्दयाश्लेषहेतो -
र्लब्धायास्ते कथमपि मया स्वप्नसंदर्शनेषु।
पश्यन्तीनां न खलु बहुशो न स्थलीदेवतानां
मुक्तास्थूलास्तरुकिसलयेष्वश्रुलेशाः पतन्ति।।

~

महत्प्रयासें कधीं तरी तू स्वप्नीं मजला दर्शन देसी
आलिंगावें दृढ तुज यास्तव बाहु पसरितों मी अवकाशीं
दीन दशा ती बघतांना मम स्थलदेवी मनिं व्याकुळ होती
अश्रु ढाळिती तरुपर्णांवर टपटपती जणुं टपोर मोती!

४७

भित्त्वा सद्यः किसलयपुटान्देवदारुद्रुमाणां
ये तत्क्षीरस्रुतिसुरभयो दक्षिणेन प्रवृत्ताः ।
आलिङ्ग्यन्ते गुणवति मया ते तुषाराद्रिवाताः
पूर्वं स्पृष्टं यदि किल भवेदङ्गमेभिस्तवेति ॥

~

सरलतरूंचे कोमल किसलय पर्णपुटें ती हलकें फुलवुन
रसाळ गंधित वारे येती दक्षिणदेशीं हिमालयाहुन
तुषारार्द्र त्या शीतल झुळका आलिंगन मी, प्रिये गुणवती,
कारण झाला असेल आधीं तुझ्या तनूचा स्पर्श त्यांप्रती!

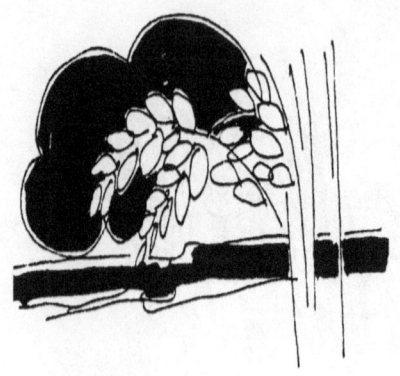

४८

संक्षिप्येत क्षण इव कथं दीर्घयामा त्रियामा
सर्वावस्थास्वहरपि कथं मन्दमन्दातपं स्यात्।
इत्थं चेतश्चटुलनयने दुर्लभप्रार्थनं मे
गाढोष्माभिः कृतमशरणं त्वद्वियोगव्यथाभिः।।

~

पळासारख्या गमतिल केव्हां या विरहाकुल प्रदीर्घ रात्री?
दिवस कधीं हे सरावयाचे अनलासम जे जळती गात्रीं?
दुर्लभ त्याची करित प्रतीक्षा मन हें झुरतें, सखि, रात्रंदिन
हरिणलोचनें, विरहाचा मी ताप साहतों होउनि अशरण!

४९

नन्वात्मानं बहु विगणयन्नात्मनैवावलम्बे
तत्कल्याणि त्वमपि नितरां मा गमः कातरत्वम्।
कस्यात्यन्तं सुखमुपनतं दुःखमेकान्ततो वा
नीचैर्गच्छत्युपरि च दशां चक्रनेमिक्रमेण।।

विचार करतों किती स्वतःशीं मलाच मी मग धीरहि देतों
तूंहि न व्हावें कातर हृदयीं, तुज, कल्याणी, एक सांगतों
सांग कधीं का कुणा लाभतें आत्यंतिक सुख तसें दुःखही
चक्र जीवनाचें हें, केव्हां खालीं, केव्हां वरतीं जाई!

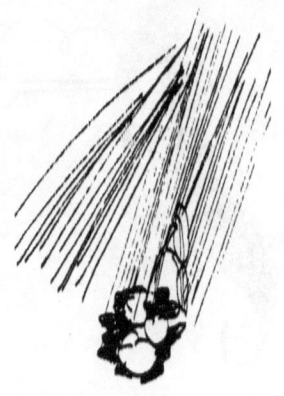

५०

शापान्तो मे भुजगशयनादुत्थिते शाङ्र्गपाणौ
शेषान्मासान् गमय चतुरो लोचने मीलयित्वा।
पश्चादावां विरहगुणितं तं तमात्माभिलाषं
निर्वेक्ष्यावः परिणतशरच्चन्द्रिकासु क्षपासु।।

सरेल माझा शाप, सागरीं जागतील जैं श्रीनारायण
चार मास हे सार कसे तरि तोंवर, सजणी, डोळे झांकुन
नंतर विरहें तीव्र जाहल्या मनोरथांची करुं परिपूर्ती
भोग भोगुं या लख्ख चांदण्यामधिं शरदाच्या सुंदर रातीं

५१

भूयश्चाह त्वमपि शयने कण्ठलग्ना पुरा मे
निद्रां गत्वा किमपि रुदती सस्वनं विप्रबुद्धा।
सान्तर्हासं कथितमसकृत्पृच्छतश्च त्वया मे
दृष्टः स्वप्ने कितव! रमयन्कामपि त्वं मयेति।।

स्मरते का, तुज निद्रित होतिस हात तुझा मम कंठीं वेढुन
अवचित जागी झालिस, सखये, रडतांना तूं स्फुंदुन स्फुंदुन
जरा लाजुनि बोललीस मग पुन्हां पुन्हां मी कारण पुसतां
शठा! पाहिलें, अरे, तुला मीं सवतीसंगें कोण्या रमतां!

५२

एतस्मान्मां कुशलिनमभिज्ञानदानाद्विदित्वा
मा कौलीनाच्चकितनयने मय्यविश्वासिनी भूः।
स्नेहानाहुः किमपि विरहे ध्वंसिनस्ते त्वभोगा -
दिष्टे वस्तुन्युपचितरसाः प्रेमराशीभवन्ति।।

~

ओळखून ही खूण आपुल्या एकान्तांतिल, कुशल जाण मम
प्रवाद जरि कां येतिल कानीं, मुळीं न ठेवी चित्तीं संभ्रम
विरहामध्यें स्नेह उणावे, म्हणती कोणी खरें न परि तें
जरा दुरावा उभयांमध्यें पडतां प्रीती अधिक वाढते!

५३

आश्वास्यैवं प्रथमविरहोदग्रशोकां सखीं ते
शैलादाशु त्रिनयवृषोत्खातकूटान्निवृत्तः।
साभिज्ञानप्रहितकुशलैस्तद्वचोभिर्ममापि
प्रातः कुन्दप्रसवशिथिलं जीवितं धारयेथाः।।

विरहें पहिल्या व्याकुळ सखि मम, यास्तव देऊनि तिज आश्वासन
हिमाचलाच्या शिखरांवरुनी वेगें, सखया, येईं परतुन
कुशलवचन ऐकतां प्रियेचें संकेताच्या खुणा जाणवुन
पहांटवेळीं कुंदफुलासम मिळेल मजला नवसंजीवन!

५४

कश्चित्सौम्य व्यवसितमिदं बन्धुकृत्यं त्वया मे
प्रत्यादेशान्न खलु भवतो धीरतां कल्पयामि
निःशब्दोऽपि प्रदिशसि जलं याचितं चातकेभ्यः
प्रत्युक्तं हि प्रणयिषु सतामीप्सितार्थक्रियैव ।।

~

स्वीकारिसि ना कार्य, सख्या, हें केवळ माझ्या स्नेहाखातर?
मूक जरीं तूं, तरि न दिसे मज तुझी अनिच्छा यांत खरोखर
अबोल राहुनि, घना, सुखविसी जलदानें तू आर्त चातका
कृतिनें प्रियजन तृप्त करावे, ही सुजनांची रीत नसे का?

५५

एतत्कृत्वा प्रियमनुचितप्रार्थनावर्तिनो मे
सौहार्दाद्वा विधुर इति वा मय्यनुक्रोशबुद्ध्या।
इष्टान् देशाञ्जलद विचर प्रावृषा संभृतश्री -
र्मा भूदेवं क्षणमपि च ते विद्युता विप्रयोगः।।

~

कळतें मजला अनुचित आहे करणें मी तुज अशी याचना
स्नेहशील तू करुणेनें पण पुरवशील मम खचित कामना
जलभारानें लवलेल्या त्वां इष्ट असा तर मार्ग धरावा
विद्युत्सखिचा विरह, घना रे, माझ्यासम तुज क्षणहि न व्हावा!

त्रिवेणी

गुलज़ार

अनुवाद
शान्ता ज. शेळके

'त्रिवेणी' हा गुलजारांनीच निर्माण केलेला कवितेचा नवा आकृतिबंध.
कोणत्याही भारतीय भाषांतील कवितेत हा रचनाबंध नाही.
ही त्यांची कवितेला देणगीच! या अल्पाक्षरी कवितेत
पहिल्या दोन कवितापंक्तींचाच गंगायमुनेप्रमाणे संगम होऊन कविता पूर्ण होते.
मात्र या दोन प्रवाहांखालून जी सरस्वती गुप्तपणे वाहते,
ती ते अधोरेखित करतात, तिसऱ्या काव्यपंक्तीने.
गुलजारांच्या कवितेतून प्रामुख्यानं भिडते ती त्यांच्या अंतरातील 'खामोशी'.
या 'खामोशी'चं अंगभूत सामर्थ्य असं,
की ती त्यांच्या अनुभूतींतूनच पूर्णत्वानं व्यक्त होते;
त्यांची कविता यामुळेच मिताक्षरी व तरल आहे.
कधी ती प्रिय व्यक्तीच्या हरवण्यानं व्याकूळ असते, तर कधी
सामाजिक विसंगतींची खंत करते.
सोबत असतं समृद्ध आकलनातून येणारं भाष्य आणि
जगण्यातलं निखळ सत्य!